SUNNY BOOKS

台灣的迷信與陋習

詳述各種民俗信仰的由來與陋習
研究台灣民間信仰之最佳指南

曾景來／著

序

曾景來君為温厚篤學之士。在文教局社會課工作，此外，對台灣民間信仰進行調查研究，其研究曾在其他雜誌上發表，真摯的研究態度與穩健的改善意見，深受各界好評。

本書是曾君對本島本土宗教、迷信、陋習等，進行多年調查鑽研的努力結晶，從本土宗教的起源開始說起，探討其現狀、弊端、對策等，內容豐富，而且以故事來敘述，頗饒趣味。

原本本島人的日常生活中，本土宗教就相當根深柢固，有時過度信仰更變成迷信，而醞釀成各種社會的弊端，阻礙島民生活的提升與進步。有些因襲已久，要打破迷信、改善習俗並不是容易的事。

最主要的是因為島民並不將宗教看作迷信，另一方面關心社會教化，站在指導立場的人，對於這些迷信、陋習要加以研究、調查，非常地困難，因此，無法建立具體對策。

好在本書網羅了許多本島存在的迷信、陋習的代表，一一加以剴切地解說和檢討，對於在社會教化方面有心的人，是絕佳的參考資料，也可以當作時節生活改善的指針，因此，我願意將本書推廣給大衆知道。

慶谷隆夫

序辭

我對宗教完全是個門外漢，但我有這樣的想法——

如果因為宗教，導致個人生活頹唐，社會欠缺活力，民族生存失敗，那麼，這個宗教不算是良好的宗教。像世界數一數二的宗教民族，卻無立錐之地的印度三億人口，便是最好的明證。

能夠有正確的信仰觀念，才能找出個體生命的實相，發現光明遍照、久遠實成的本體界，才能超越現象假寓的生命愛欲，充滿對無限生命的欣求渴仰之心，進而能夠齋戒精進、自立自強，成為全體生命伸張的大義，時時刻刻産生歡喜感謝。

像這樣的宗教真的存在嗎？

中國的儒教、印度的佛教、歐洲的基督教，這些宗教能在其國土上蓬勃發展，原因何在呢？因為這些地方可得到在其他地方無法得到的資助的緣故。然而，印度幾千年來的痼疾無法治好，宗教不興，精髓也逐漸毀滅。而歌頌禪讓討伐的發明者——湯王、武王——為聖人的易世革命的漢土，卻因為武力、金錢、投票而使得腳臂僭稱為頭，乃至於民製君主成為裝飾的歐美，也戴上了宗教的假面具在暗中活躍。這就是宗教崩潰的真正原因，使得宗教無法振興。

一君萬民之國土，有人稱其為人體國家。頭胴手足、神經血管、皮膚肌肉，所有的組織、所有的機關，自開天闢地以來就秩序井然，億兆細胞各守關卡、互不侵犯，使得全體生命的伸張歸一。這不就是宗教的真諦、信仰的極致嗎？因此，如果宗教尋求國土的資助，真是愚不可及之事。

參照我的宗教觀，任何淫祠邪教，任何迷信錯覺，很快就能夠明瞭了。無法通過這項測驗的邪教迷信，是沒有辦法在國土中存續的。簡單的說，正教即國體，國體即正教。

既然正教即國體、國體即正教，那麼，宗教上的迷途羔羊，應該要趕緊送交他們的親人才行。而台灣的宗教問題，與本島人皇民化的問題是一體兩面。這也是近年來總督府社會課大力研究的原因，因此必須先了解本島人社會的信仰狀態才行。故而，囑託曾君孜孜矻矻，數年如一日的進行研究，請教有識之士，編纂成書。而這本書之使命，誠然重矣。

曾君能為本島人皇民化及宗教問題犧牲奉獻，絕非偶然，實為為國為民之舉，吾深感佩服。

自序

自本島改隸以來，在各方面都有顯著的進展，這是衆所目睹的事實，但民衆精神生活的根柢，即信仰方面，目前還是前途茫然。島民的年節行事及婚喪喜慶等禮數，仍存在著色彩濃厚的迷信陋習，而陋習之多與傳統信仰有密切關係，也造成風教政治及其他方面的流弊。若想加以導正，非一朝一夕可成就之事。以徹底皇民化為目標的生活改善，以及迷信、陋習等的打破，必須先對其溫床，也就是民間信仰再檢討。身為教化教導者，對於民衆的心理、信仰若完全不知情，做起事來恐怕是事倍功半。若再反其道而行，那更是注定了要失敗。

現在所謂的台灣宗教，堪稱是自然崇拜與精靈崇拜相混淆的原始宗教，其信仰內容，皆屬現實的利己主義者。或說可治病，或道能解災，甚至後代子孫飛黃騰達、家門五世其昌等，都包括在祈願之內。

本土宗教與迷信陋習的打破改善，必須依賴有識之士，並藉實際運動來推行。在這方面，近來已有進展，也漸受大衆重視，施政當局不能無視其存在。

另一方面，本島教化不振的原因之一，即在於當政者不知民間信仰，不考慮迷信陋習的存在，本身欠缺信念，對於僧道不具正確的信仰，對於民衆教化、社會改善，抱持理想並踏實去做者較少所致。若能藉著宗教教化喚醒人們心靈深處的覺醒的話，那麼，宗教的社會教化意義是不容忽視的。

為了對時下台灣宗教與迷信陋習再檢討，體念國民精神總動員的旨趣，更新風潮，催促本土宗教者及民衆的反省，乃參考各項資料，彙成本書，希望有助於民間信仰的研究。衆人若能斟酌吾人之微意，則本書深具意義，幸甚！

一九三八年　秋季　　作者

目錄

神奇的紅姨

台灣的道士與巫術

有應公崇拜

台灣習俗與虎的信仰

關於金銀紙類

符咒與魔術

風水與變態風俗

土地公

劍潭寺

義民廟

南崁廟

台灣寺廟及其對策

一、時局與舊慣寺廟

本島改隸以來，已有四十多年，不斷地躍進，文物有顯著的發展，與領台前大不相同。目前本島的文化發展，已經到了第二期工作，也就是精神文化開發的時期。因此，應該積極從事的就是舊慣陋習的打破改善。所以，我嘗試著對與舊慣有關的本土宗教進行考察。

本島的習俗包括年節行事、冠婚喪祭，以及寺廟的參拜，這是本土的慣例。主要是以祈福邀利爲主，有的也只是單純依照習慣而參詣，談不上什麼信仰，而是把往來寺廟當作一種行事而已。

根據我的觀察，雖說民衆都是寺廟的信仰者或關係者，但事實不然。本島民衆大多已脫離本土的寺廟信仰。依循文化的進展與人智的開發，無條件地加以信奉、維持，這種寺廟的意義我很是懷疑，嘗試再檢討，發現有許多不合理、不適合現代人生活的現象。此外，本土的寺廟信仰，已經引導人們逐漸往功利的利己主義方向靠攏，僧道巫師迎合的邪說橫行，抹滅原來的意義及目的，變成迷信。

當然，目前的寺廟仍然有其信徒，這是無可否認的事實。尤其是對於信仰虔誠的本島民衆而言，就算平常不到寺廟去參拜，也會在自宅正廳奉祀神佛，遇特別節日才上寺廟參拜。

因此，本土寺廟的存續，究竟是要放任不管、任其自然消滅？還是一部分廢除、部分保留？或者全部廢除呢？此外，本土的寺廟或宗教信仰，是否該加以改善振興，引導民心歸向正道，對社會國家有所貢獻呢？寺廟的存廢如今已是迫切的問題，所以，我對本島本土的寺廟、信仰加以研究，進行考察批判，認爲應該要樹立正確的對策。

二、本土的寺廟

本島的寺廟依其宗教系統，大致可分爲儒道佛三類，加上難以區分的雜教，一共是四種；也有人分成儒、道、佛、齋教等四教，再加上雜教稱作五教。嚴格說起來，這是相當混淆的情形，各宗教色彩也不若以前濃厚，只有少數的佛寺與儒祠還能維持本來面目。

台灣在鄭成功時代就有寺廟了，但是最古老的寺廟始於何時，已無法考證，像台南的關帝廟、馬公的天后宮等等，可說是最古老的了。

尼寺龍湖庵（岡山郡阿蓮莊）

創建於西元一九〇七年十一月，前後經過三次改建，成爲現今模樣，大約有八十名尼僧及在家女衆在此專心修行。

門聯｛龍華遠繁華緣葉芳林堪靜修
湖水通德水蓮池海會悟清修｝

觀音山

（凌雲禪寺）

爲國家公園指定地，景色絶佳。此處的山寺爲純粹的佛寺，稱之爲小叢林。位在這兒的衆僧，眺望繁華的都市，如何能靜得下心，不得而知。不過，還是希望他們能清修成功。

台中佛教會館（台中市敷島町）

館內經營幼稚園，設立圖書館，計畫實行打破種種迷信陋習。

民國十年創建，分爲前殿、後殿、左室、右室，供奉釋迦牟尼佛和觀世音菩薩，庭園之美，實爲罕見。

大崗山的超峰寺

在台灣，依僧侶所建的佛寺即如俗語所說的：「天下名山僧多占」，多爲山寺。山寺大抵建於景觀優美的山腰。而佛寺亦稱清淨地，是將世間稱做紅塵的山僧們所建的，想藉此而忘懷社會。這種思想長久下來即變成一種傳統，因此台灣的佛教也可以說是小乘佛教，由此看來，必須推動佛教的改革才行。

登錄在現在（一九三八）督府的寺廟台帳上的本土寺廟（包含齋堂二三六所在內）共有三千七百零五座，以創建年代來加以分類的話，在二百七十年前的有五五座，二百二十年前的有一九四座，一百七十年前的有三七九座，一百二十年前的有六八七座，七十年前的有九三二座，五十年前的有六一三座，其他不明者多半是改隸後所創建的。

片岡嚴先生所著的「台灣風俗」第三卷，記載了關於台灣寺廟數目的異動。此外，丸井圭治郎先生所著的「台灣宗教調查報告書」，說到目前台灣寺廟的數目爲三千四百八十四座，小祠有七千七百八十七間。這算是比較嚴密的調查結果，應該有其可信度。而後廢止、興建者都有，大體而言，寺廟的增減並沒有很大的差距。

其次是寺廟名，採用廟、堂、祠、宮、寺、壇、岩、院、庵、殿、洞、山、廳、亭、閣、社、園、厝、樓、寮、館等字，欲依其名稱而知祭何神或教派者並不多。像孔子廟、關帝廳、文昌祠、王爺宮等以神名爲建築物名稱者，我們較易區分。然而若如長義宮、慈雲庵、火山岩、龍潭寺等，以神德或地名來命名，到底是屬於哪個教派的寺廟，以何種神佛爲主神，就不得而知了。此外，還有以神名當作廟名的，例如有應公、三山國王、山王公、西土地公、王爺公等。

照理講，寺廟或佛寺原本應有僧侶或尼姑居住，但是，目前這種情況反倒不多見。甚至

赤山的龍湖巖（曾文郡六甲莊七甲）

康熙四年十月十九日陳永華創建，住持賴樹（頌協師），住僧二十餘名，於乾隆元年改修。一九〇六年因遇大地震而重修。一九一三年遇火災，於一九二八年再度改建。寺名龍湖，乃是因爲有蓮花池之故。附近景色怡人。

俗稱岩山廟。傳說陳永華登山時，聽聞有人朝夕用大鐘鼓讀經，前往一看，果然住有兩名僧侶，感動其信仰之誠而建立廟宇。

台南孔子廟

明永曆二十年鄭成功之子鄭經的參軍陳永華所創建，裨益教化。到了康熙二十四年，道台周昌、知府蔣毓英希望能改建鄭氏的舊營北。起初只有先師廟、啟聖祠，到了康熙三十九年，建明倫堂，五十一年建朱子祠、崇聖祠，乾隆十四年設訓道廨，擁有祭器與鑄樂器，規制逐漸齊備。一九一六年督府捐錢改修，成爲今日之模樣。

寺院

（台中州大屯郡北屯莊寶覺寺）

脫離舊派，富麗堂皇的寺院。境內的設備到佛殿的莊嚴，堪稱完善。可惜的是，住持以下住僧對於島民的教化却表現無力。當然，這都是人爲的問題，希望能有名僧出現，從事精神教化。

有些稱寺卻無佛像，反而祭祀道教神仙。或是廟、宮、祠等祭祀道教或儒教神仙的也很普遍，有的會祭祀觀音、地藏等佛菩薩。也就是說，形成一種佛教道教化的現象。

接著來談談祭場。在台灣，道士之家稱作道士壇，司公壇指的則是寺廟。但是，現在有的佛寺卻稱作某某壇。齋堂一般喚作某某堂，但有時亦稱庵或社，偶爾會稱之爲寺。

由上述可發現，要就寺廟名稱來區分其爲儒、道、佛教，可說是頗爲困難的。因此，就教義教理來分別本土寺廟爲儒教系、道教系、佛教系及雜教，進而加以研究考察，較爲方便也是必要的。不過，也有完全相反的狀況出現，必須特別注意。

本土的寺廟原本以儒教系爲最多，不過，由於三教混淆的結果，喪失了儒教的意義，眞正純粹的儒教已較少。像關帝廟或城隍廟，原本應屬儒教，時至今日，堪稱純粹儒教的寺廟，大約只有孔子廟、文昌祠、節孝祠、家廟等數種。

孔子廟又稱文廟或聖廟，台北、宜蘭、新竹、彰化、台南、澎湖等六處各有一座，其中台南的聖廟最爲古老，也是最完善的。其建築物中央爲本殿（又稱大成殿），前續建露台，再前方更建有櫺星門，本殿的左右有東廂、西廂，後面爲崇聖祠，東爲名宦祠，西曰節孝祠，此外，還建有明倫堂、文昌閣、禮器庫、樂器庫、泮月池、禮門、義路等，但有的並非全部具備，有欠缺其中一二的。

清朝時，儒學爲教育的淵源，府縣所在地必設學宮，祭祀孔子，春秋的仲月（二月及八月）上丁之日，舉行祭孔典禮。因此，孔子廟隸屬官廟，不許民間私設。而堪稱官廟的孔子廟，只有前述的六座，但是，以孔子爲祭祀主神的寺廟還有苗栗的雲梯書院、旗山的育英書院、埔里的育化院、花壇的文祠等。書院就是昔日的學堂或義塾，通常祭祀著孔子、文昌、關帝等神。目前，當成寺廟加以管理的，全島共有十一間書院。

其次談到文昌祠，係祭祀學問之神的文昌君，現在全島有二十三座。文昌君是儒教之神，而道教則將其視爲黃帝之子，當成飛仙之一來崇拜。

節孝祠如字面所示，係祭祀節婦孝子。設立普遍，目前當成寺廟加以管理的有台北、宜蘭、彰化三處。

祖廟包括家廟、祖厝、祠堂，一般俗稱爲祖厝，係祭祀祖先的廟。祖廟有大宗、小宗之別，大宗以始祖爲祭神，爲同姓者所設立，而小宗則是以祖禰（較近的祖先）爲祭神，由同宗族人設立，嚴格說起來，都屬於家廟。大宗、小宗並不具有獨立的權利主體，也就是說並非私有，因此當成寺廟處理。現在登錄的有一百二十座，當然，未登錄者所在多有。

其次是城隍廟的儒教系，清朝開始祭祀城隍爲國之大節，視作護國祐民之神，列入祭典行列。因此，官署所在地一定要建此廟，府縣加以跟從，有府城隍、縣城隍之別。後來逐漸成爲大衆信仰的對象，現在本島尚存二十六座城隍廟。關帝廟也屬於儒教系，孔子廟一稱文廟，而關帝廟便是武廟，深受民間信仰，現在有一百三十二座。

接著再談佛教系的寺廟，大體上是以佛、菩薩爲本尊來祭祀。有的住著僧侶，有的則無，此外，有的是僧侶自建，有些則是民衆興建。僧侶自建的是純佛寺，爲修養的道場；而民衆興建的大都與僧侶無關，只是當成參拜的機關，亦即所謂的施主廟，甚至有道教化的寺廟，像稱作觀音堂、佛祖廟、彌陀寺、祖師廟等的，大都屬於此類。

較大的佛寺稱作小叢林，大小建築物包括三寶殿、天王殿、山門、法堂、功德堂、西歸堂、齋堂、禪堂、客廳、伽藍殿、報恩堂、香積廚、方丈、鐘樓、鼓樓、庫裡、講堂、納骨堂等數十種。

此外，齋教有由齋友建造的齋堂，是屬於道教化的建築物，以佛、菩薩爲本尊，祭祀神仙。在家、出家雖有差別，但和僧侶用同樣的儀式，進行修養。現在佛寺五十有餘，而齋堂有二百三十六間。

其次，道教系的寺廟佔本島寺廟中的大多數，建築物一般分別爲門、本殿、後殿、左廳、右廳，此外，在本殿或後殿左右又有側房；前殿祭祀道教神，後殿則祭祀佛、菩薩爲其慣例。小廟沒有後殿，爲單一的建築物，以王爺、太子爺、有應公等爲祭祀主神，不屬於

全島第一齋堂
台中市後龍子　慎齋堂

屬於龍華派的齋堂，在清．咸豐年間創建。內外清淨莊嚴，齋友不吃肉，嚴守戒律。當成社會事業的慎生會，進行免囚保護的事業，具有不錯的成績。

齋堂

（大溪街員樹林　齋明堂）

齋堂是指由齋友（在家僧）所建的佛堂。在台灣，很多齋友出家成爲僧侶，現在的老僧們，昔日都曾是齋友，所以說，齋堂問題，如果全部齋堂都改造成內地式寺院的話，不知會成爲什麼情況。

高明寺（東石郡林子街）

原是借用前太保莊王順記所有的公館創建齋堂，稱爲正心堂，後來因市區改道而遷移到現地。民國初年，在堂前建立高明寺（布教所），直到現在。齋堂與布教兩者合一，有必要加以分離，或廢止齋堂。

山間的佛寺香鈊堂

（新竹郡埔莊北打鐵坑）

原來是齋堂，現在爲佛寺。爲自我修養的道場。本來默默無聞，後來風潮一新，經營社會教化教育事業。堂內修行者有八、九人，持戒嚴正，只管精進於求道。

法華寺（台南市桶盤淺）

明末有一李茂春隱遁此地，其居所稱爲夢蝶園。後知府蔣毓英、鳳山縣令宋永清等人相謀，於此建一寺廟。康熙六十年地震時，受到嚴重毀壞後重修。乾隆八年改建。經過數度修繕，始有今日的面貌。

儒、佛、道教其中之一，是所謂的雜教。再者，路旁小祠主要祭祀土地公、有應公等，是俗稱廟仔的一坪左右的建築物，全島共有七、八千處。

而本土寺廟的創建由來，可分作公、私、團體三方面。公的寺廟就是所謂的施主廟，是由民衆出錢出力建造的，當作公衆的建築物，是公衆的禮拜之所，而其維持費用則來自信徒所捐獻的香油錢或寺廟所屬的財產收入。祖廟算是私人寺廟；由神明會等團體創建、維持的，則稱作團體寺廟。

三、寺廟供奉的神

目前寺廟祭祀的主神大都是土地公，其次是王爺，排名第三的是媽祖，第四則爲觀音。媽祖、觀音爲女神，王爺、土地公則是男神。寺廟供奉的大半是這四神，但是，當成信仰的對象、最受崇拜的則是在此四神之外的城隍爺。其中，極富信仰色彩的是土地公及城隍爺，屬於道儒，而媽祖、觀音是屬於道佛，王爺則屬於道教。

以下爲各位介紹在寺廟中較常見到的神祇，如果要將寺廟祭神一一加以列舉的話，恐怕有千種以上。

玉皇大帝　道教徒模擬儒教創造的天帝，又稱昊天、上帝，或謂天公，是萬物的創造主。在天界爲萬神之主，派遣天神到下界，監視人類的善惡，爲道教的統一神。

玄天上帝　又稱北極大帝或上帝爺，也稱眞武君，祭祀北極星，爲除惡魔的道教神，時至今日，穿鑿附會許多人魂的傳說。全島此種廟宇共有一七二座，三月三日舉行祭典。

三官大帝　也稱三界公，爲天官、地官、水官的三界神。受玉皇大帝之命來治理人類世界，天官賜福、地官赦免人類的罪過，水官解除人們的災厄。此外，天官在上元（一月十五日）、地官在中元（七月十五日）、水官在下元（十月十五日）受到衆人的祭祀。

太上老君　也稱李老君，係指老子。爲道教的祖師，是張道陵牽強附會塑造出來的。也有人說祂是玉皇大帝的化身。

張天師　是張子房的八代孫張道陵，也是道士的祖師。張道陵是道教的開創者，後來以張天師之名流傳於世，其子孫因襲沿用，大都在道士之家祭祀。

太子爺　有哪咤太子、李哪咤、哪咤元帥、中壇元帥、羅車太子等別名，是玉皇大帝駕前的大將，亦稱大羅仙。七歲成仙，具有強大的法力，當成小孩神受到崇拜，也算是邪神。在台灣，太子爺廟有六十六座。

媽祖　又稱天后或天上聖母。爲人魂，起初稱爲天妃，當成海上之神來祭祀，現在成爲萬能之神，倍受崇敬，據說非常靈驗。

城隍爺　初為都城濠水之神，後來支配陰間，掌管陰陽兩界的司法行政事務。屬神包括牛爺、馬爺、六神爺、七爺、八爺、將兵等。

土地公　又稱福德正神。是社稷的社神，亦即土地之神。以後人魂模擬之。是本島民衆，尤其是商人和農民最信仰之神。據說德行正當者死後會成為土地公。

仙公　也稱作孚祐帝君、純陽祖師或是文尼眞佛。是指八仙之一的呂洞賓，為人魂。也有人將其邪神化，文山郡的指南宮是有名的仙公廟。

保生大帝　別名吳眞人、大道公。宋朝人吳本，為一代名醫，死後祀神。保生大帝廟特別受藥材商、施術者的崇拜。

關帝爺　別名關聖帝君、武聖君、協天古佛、文衡聖帝、帝君爺、伏魔大帝等。指的是關羽，是勇武之神，現在則當作是商業神或萬能之神。

廣澤尊王　指郭聖王，為泉州人的鄉土神。也稱保安尊王廟。

三山國王　是潮州府的巾山、明山、獨山神格化的廣東鄉土神。三山國王廟主要分布於廣東人聚落。

西秦王爺　指唐朝的雷萬青或玄宗皇帝。被視為音樂神，為音樂家、演員等崇拜之神。

田都元帥　唐朝的元帥，擅長音樂、歌舞，為音樂家、演員等的元祖，尤其是西皮派音樂團的守本尊。一般人視作表演之神。

開漳聖王　又稱陳聖王或聖王公。唐代的陳元光（一說陳永華）為漳州開拓之祖，此外，也當作本島陳姓的鼻祖祭祀。

神農大帝　別名藥王、五谷王、五谷先師、五谷大帝，為中國古代皇帝，開發五穀及藥草之神。深受中南部農民及藥材商的信仰。

巧聖先師　別名魯班公、大師府。俗名魯智般，號公輸子，為雕刻、工匠之祖。

太陽星君　指太陽神，也叫太陽公。生日為三月十九日，以神像祭祀。

太陰娘娘　月神，以八月十五日，即中秋節為神的生日。也有人說是太陽公的妻女。

註生娘娘　保佑生產平安及嬰兒健全發展之神。一般婦女，尤其是孕婦特別崇拜。

境主公　廟境內或廟轄區的守護神。為靈魂或想像神，來歷不明。

文昌帝加　又稱文昌星，係北斗星之一。為文學興隆之神，讀書人特別信奉。

魁星爺　與文昌星同為文學守護神。是北斗七星的第一星，據說非常靈驗。

虎爺　祭祀於寺廟神桌下的虎像，能驅魔、鎮廟。與保生大帝及土地公的傳說有關，據說能治療小兒的膿疱。

痘公婆　痘瘡神，也稱天醫眞人，向其祈拜，可免痘瘡之難。為自然神，但以人魂視之。

朱衣神君　想像之神，爲守護考試科舉之神。神格的由來不明。

玄壇元師　中國商朝的武官，指趙光明或趙玄壇，又稱銀主公王，據說能賜人財利。

水仙尊王　祭祀夏禹，爲保護海上的貿易之神。

製字先師　指倉頡至聖或蒼聖人，因創造象形文字，所以當作製字先師崇拜。

梓童帝君　宋朝人，致力於文教興隆，因此文人墨客尊其爲神。

義民爺　幫助領台前官軍打仗，爲正義戰死之人的靈魂。

王爺　初以疫病之神加以崇拜，後人以鬼擬之，視作萬能之神，據說非常靈驗。

有應公　別名萬善同歸、大衆爺、無歸魂、無緣佛，與王爺同樣是淫祠之神。

閻魔王　閻君，又稱閻羅王，是地獄之主，裁斷靈魂的善惡，由佛教思想將其民衆化衍生而來。十殿閻王共有十人，掌管十八層地獄，是民衆畏懼之神，大都不以神像祭祀。

清水祖師　俗名陳應，也稱祖師，爲道教之神。有些荒誕無稽的傳說。

五顯大帝　又稱五帝、五行大帝、五顯靈官，是想像之神，東方青帝、西方白帝、南方赤帝、北方黑帝、中央黃帝。

嶽帝爺　也稱五嶽帝。是東西南北中五嶽的山神，後人以人鬼配之，爲山嶽崇拜的變

振文書院（虎尾郡西螺街）

祭神：梓童帝君、關帝、仙公、朱衣神、倉聖人、朱熹、魁星、製字先師、神童。

創立：嘉慶十二年

管理人：廖懷臣

爲了地方文化的發達，由當地的廖乾孔、廖聯科、廖壯興、劉開張等人發起，耗資建立了本院。後來，因地震而崩塌，重新興建成現今的書院。

形，令人畏懼。

觀音佛祖　是佛教慈悲的權化，也稱作大悲菩薩，帶有道教色彩，以人魂擬之，也稱觀音娘娘或觀音媽，是未婚的女性。雖與佛教的觀音菩薩不同，但民衆不這麼想。

鄭成功　也稱鄭國聖、開台聖王、國聖公、國姓公等。

火神爺　也稱火德星君或祝融，爲火神，向其祈求，可避火難。是自然神轉化爲人類神而來的。

雷神爺　亦稱雷公或雷公鳥。祭祀雷，據說向其祈拜，就可避免遭雷劈死，是令人畏懼的怪形之神。

地藏王　又稱幽冥教主。從天上到地獄，濟度六道衆生使其成佛的大悲菩薩，與地藏菩薩不同，但是更加俗化了。

四、信仰與建廟

本島的本土寺廟、信仰，大都來自混淆的大陸三教、民間信仰，在明末淸初時傳到本島。其祭神包括佛菩薩、道教的神仙、儒教的聖賢，或是眞相未明的鬼神之類。此外，同一神佛，三教可能各以不同的名稱加以祭祀，信徒信仰唯一神佛的情形非常少，幾乎什麼都信。寺廟的祭神，其根據或支配的分限等，是以天上界、虛空界、地上界、水上界、幽冥界（又稱陰間）等諸界之神來區分，而民衆的信仰從宗教學的觀點來看，則包括了呪物崇拜、自然崇拜、偉靈崇拜、動物崇拜、精靈崇拜、祖先崇拜等。概而言之，寺廟信仰是原始倫理的宗教，也是雜教混合的多神教。

關於寺廟創建的由來，昔日是由大陸渡海來台的人所帶來的守護神，尤其是鄉貫之神或是有來歷的寺廟的香火，或者是神像等，然後建立寺廟，加以祭拜。當時，香火神像多半供奉在個人的正廳，然後又在公厝祭祀，或是組織神佛會加以祭祀。後來，由少數人共同祭祀神佛，爲神佛建立寺廟。總之，是由於對神佛的個人祭祀，或是少數人的共同祭祀，而逐漸發展建立起寺廟。

寺廟的慣例是將祭祀的主神放在壇前的神桌上，桌上還排列著香爐、燭台等祭具。主神的前後左右或桌上，配祀著多尊神像。前殿、後殿亦然，另外還有東廳、西廳、左室、右室也都供奉著許多神像。此等主神以外的神像，則當成同祀、寄祀、配祀、挾祀、分身、隸祀等加以祭祀。同祀是與主神或信徒相似的職業或有其他關係，寄祀則是寺廟落成後寄祀者。配偶指的是主神之妻、妾；配祀又稱從祀，是根據歷史或傳說，配在主神麾下者。挾祀則是在主神左右侍奉者；分身則是主神的代像，具有同一形象。而隸祀則爲寺廟或道法的守護神。

由此可知，寺廟通常供奉許多神佛。數十尊算是普通的了，多者可能達數百尊。當中以寄祀之神爲最多。例如，神佛會的神像寄放於此，或是其他神像的神明會解散了、寺廟廢止，或是民家移居、巫覡的廢業、拾得、僧道廟宇的持佛等的移祀所造成的。此外，供奉於寺廟內的神，不論是自然神或理想神，除了少數的儒教神以外，都以神像供奉之。因此，雖說是神像崇拜，但並非崇拜神像本身，而是崇拜寄宿於神像內的神靈。此外，當成祭神的新神像，要經過開眼（點眼或開光）的手續，方得使神靈宿於其內。

寺廟創建的緣起大都是由於祈願，此外，也有爲了報謝、追思而創建的。另外，也有爲了紀念或崇敬而建立者。較爲罕見的是不知如何處理土地，又怕子孫浪費家產，因而建立寺廟；或因神明靈驗，而建廟供奉。此外，還有祭祀同姓同宗祖先的寺廟，或是齋友共建齋堂，或是僧道巫覡之類蠱惑愚民，利用迷信而唆使建廟。

本土的寺廟信仰，是依宗教家的傳導、民間的傳說、自然發展而來的，並依此而利用民衆的力量建立起無數的寺廟。但在教導方面，略有欠缺，而信仰並非爲了瞭解宗教的教義教理而尋求安心，大都是祈福、邀利的功利信仰。即使重視神佛、建立寺廟，也無視於僧道的存在。再者，神與人之間的溝通必須透過乩童、紅姨等人爲媒介，藉著擲筊、抽籤等物的媒介尋求解答，這種作法無異是奪去了僧道的特權。

台灣的怪談

一、人生與怪談

經常有人問我，台灣有怪談嗎？當然有。與內地相比，自是沒有那麼廣泛、那麼深入，不過，堪稱台灣怪談的種類還是有幾種的。我想，恐怕沒有一個社會是沒有怪談的吧！

怪談指的是珍奇、不可思議的故事或神話傳說，廣義而言，與自然乃至人生有關的，也可稱作怪談。不過，通常是指妖怪故事。

怪談源自人們對奇怪事物的好奇心，或是對事物的認識不足。而一個社會怪談的多少，與其民智的高低成反比。但不論多文明，怪談仍然支配人心且深入其中。

人類喜歡變化，相信這是衆人共有的經驗，變化能使人心快樂，增添生活的趣味。

妖怪是一種變化，是平常罕見的珍奇現象，甚至是令人畏懼的。但因人類喜歡新奇，所以，就算妖怪恐怖，仍然很喜歡。這種矛盾是一種變態，但也是共通的人性。普通的談話太過平凡乏味，若談的是怪談則能使人興趣盎然，所以，連一般的故事都不知不覺被怪談化了。而台灣的怪談，大部分也屬於此類。尤其是利己心較強者，會故意製造怪談，以圖私利。有的人以此博得虛名，有的人藉此表現自己高人一等而創出怪談。

怪談存在的原因之一，就是人類具有害怕的心理。尤其是對死亡的恐懼，經常導致怪談的出現。有時、因為害怕幽靈或鬼神，而想藉著祈禱禁厭逃脫；或者因害怕天變地異、病患、失敗等，而想藉著抽籤、卜卦、相命等方式來預知吉凶禍福。但是，有人卻非常畏懼怪異現象，有的人討厭面對幽靈，膽小或是曾做過虧心事的人，都會非常害怕，甚至可能導致精神病，或因憂鬱致死。相反的，膽子大或生平不做壞事的人，只是覺得故事可怕，並不會畏懼未知之鬼怪。

二、物理的怪談

台灣的怪談屬於物理怪談者很多。此等怪談藉諸物理、化學、動植物等科學，較容易解釋得通，像映在五官的自然或自然現象的變化等，若其變化與平常不同，則視作奇怪的現象，再加上一些枝節，就成為怪談了。例如，雷是雷公懲戒壞人的預告；而閃電則是雷公之妻，為了幫助他而用鏡子照出惡人所在而形成的現象；雨是神仙放尿、天神流汗、雷公撒水、龍神絞水等形成的；此外，星星是官吏的靈魂，地震則是地牛翻身，火災是火神所爲，溺死係因水鬼要找替身等等，還有，相信貓碰觸過的屍體會變成僵屍，都是不明物理現象而產生的。

雷公的失敗　昔日，有一位經常浪費五穀的婦人。有一次，她將煮飯剩下的米倒在庭院中的溝裏，霎時空中烏雲密佈，霹靂一聲，被雷打死了。第二天，另一位良家婦女將瓜剖開，把種子撒在庭院中，這時，像前一天一樣下起雨來，接著，她也被雷劈死了。這是因爲雷公誤將瓜子當作稻米，而造成的悲劇。後來，這位婦女化身閃電，幫忙雷公照亮人間，以防他再出錯。

牛的報恩　以前有位仁慈的富豪。有一次，他看到一頭要被牽往屠宰場的牛，心生不忍，遂把牠買下，帶回家綁在庭院的樹下。某夜，牛突然放聲大叫，主人跑出去探看究竟時，突然發生大地震，住家倒塌了，而富豪得以倖免於難，逃過一劫。據說，這就是牛的報恩。

鬼火　台灣的夜間可見燐火，一般謂之鬼火。而墓地又特別容易出現鬼火，因此，有很多怪談都是來自墓地。還有人說如果突然出現很多鬼火，即表示衆鬼在那兒開會。

鳳山街籬子內龍閣寺所祭祀的是邱王爺，一稱邱千灶。他是福州人，八十年前爲一渡台步兵，死後就地埋葬，而後，每天晚上都會出現有邱千灶字樣的燈籠，附近的居民都感到驚訝。後來，有病人向其墓祈願，結果非常靈驗，不久果然就痊癒了。

水鬼　水鬼是水中之鬼。溺死的人會成爲水鬼，經常在其死去的地點徘徊。爲了擁有到陰間接受閻羅王裁判的資格，必須找到替身才行。爲了誘惑人，會採取各種手段；或是化身人形，假裝快要溺斃了而大聲呼救；或是在較淺的渡口，讓人背著渡河；若爲女水鬼，則會化作美女，要求男人揹她。民衆很害怕水鬼，尤其是溺死的人，傳說多半是因爲被水鬼拉住了脚而無法脫逃。這就是水鬼可怕之處，只要水邊一發現異樣，立刻就會讓人聯想到水鬼。

三、心理的怪談

怪談大都是物理性的，不過，十之八九出於人的心理作用。舉凡物理物體，若能依照規則產生變化，稱爲物理變化，如果變化異常或出現奇怪的現象，則視爲怪談。當然，要加以區別並不容易，不過，心理性的怪談主要是來自人心，對物理的現象較爲主觀、積極的去面對。此外，也可以作爲道德的解釋或修養的資料，表現於文學上，安慰人心。台灣的怪談多半是因疑心生暗鬼，看到怪異的現象而內心產生詭譎的思想，或者藉著視、聽、嗅、觸等感覺而形成觀念，再加以想像、解釋而產生獨斷的怪談。

樹神殺賊　昔日鳳山有一老樹，傳說有神靈宿於其中，又稱榕將軍。而出現怪異現象就是在附和李石之亂的林恭殘黨被壓死之時。根據舊誌記載，林恭在城陷之時，邑侯王廷幹全家以身殉國，而林恭則自封爲縣令。過了幾個月之後，被署邑侯鄭元杰逮捕，餘黨逃到老樹下時，樹枝突然折斷，壓死了數名賊人。

樣子王的靈驗　在嘉義民雄有座樣子王廟。主神是人形的木像，其由來據說是在一百年前，有一個人想要將自己兒子的屍體埋在街外的老樹下，來到樹下時發現忘了帶圓鍬，於是用樹枝夾住屍體，回家拿圓鍬。當他再返回樹下時，發現兒子活了過來，既驚且喜。當天晚上，他夢見樹神告訴他說：「我是樹神。是我讓你的兒子重返陽世，因此，你要雕刻我的像，建廟祭祀。」

有應公的使者　士林街社子有間萬靈廟，李尊是無名骨有應公。三年前因改建而面目一新，進行改建時，有一名工匠受了傷，而且傷勢惡化，陷入危險的狀態……。傍晚，工匠的兒子在屋外遊玩時，不知來自何方的兩名童子，交給他一把雜草，然後就消失了。這名工匠藉著雜草，奇蹟似的獲得解救，據說這兩名童子便是有應公的使者。消息傳出之後，據說在一個月內，每天都有千人以上到有應公使者出現之處參拜。

四、傳說與怪談

妖怪實際上是在外界看到的現象而給予的名稱。人類的好奇心自古即然，因此，想親眼一睹妖怪的眞面目，或聽聽怪談也是人之常情。可是，聽聽則可，要是眞的遇上了，怕不嚇掉半條命才怪。因此，許多人爲的怪談，流傳日久之後，便成爲傳說了。

怪石　羅東郡冬山庄員山的石聖公是位石神，據說在一百年前，一位農夫在耕作時，將池邊一粒大石丟入池中，第二天，大石卻回到原來的位置上。再丟入池中，它又回到原處，使得農夫心生恐懼，認爲有神靈住宿其中，遂開始膜拜。後來廣爲人知，信仰的人也就越來越多了。

神的託生　以前在竹山的水社，據說有神宿於某一老樹上。其地的蕃王被遠近的蕃社推崇爲王，廣受尊敬，王的命令一定要遵守。據說那王便是樹神的轉世託生。後來，某將軍派人去砍伐古木，但斧頭卻怎麼也砍不下去。不得已，只好用銅針刺樹幹，再注入狗血，終於使樹倒下。幾天以後，蕃王也死掉了。

神奏樂　在北門郡蚵寮的南鯤鯓廟，曾經擁有二十萬信徒，其祭神的傳說相當怪異。據說，以前當地還是海中砂山時，某夜，一名漁夫發現有一條大船停在山陰處，聽到船中傳出的音樂，深受吸引而忘了回家。第二天一看，發現有大船和小船，但是不見人影，只見船頭有一色彩燦然的神像。

王爺的靈異　1.昔日荷蘭人將王爺船誤認作賊船，而加以擊毀，因此受到懲處，不到幾天，就有半數的人得了瘟疫而死掉。王爺船是祭祀王爺的神船，沒有船夫，卻能自由的出入港灣，而且能夠正確地起錨、下錨，因而甚受敬畏。此船所到之處，該地必會舉行盛大的歡迎祭典。

2.據說台北市八甲町金門館的王爺，有一天化身爲人，出現於街頭，購買隔天祭祀所需的物品，結果，付給商家的錢卻變成金銀紙。

3.東港街王爺廟的神像，原本是人家的土偶，有一年洪水氾濫，漂來雕刻有「王爺」字樣的木材，衆人認爲這是神要用此神材建立神廟，而且建造神像代替土偶。也有人說神材是王爺自己從中國運來的，便把不需要的土偶丟到海中，竟然化爲火海，火焰持續燃燒三晝夜。

五、台灣的幽靈

幽靈都是心懷怨恨而又寂寞的靈魂，據說經常出現在孤獨靜寂的大官富豪之家，但如果人氣旺盛，就很少出現。此外，由於幽靈的罪惡怨恨等關係，很少是以聖哲的亡靈姿態出現，多半是以奸惡或充滿怨恨者的亡靈出現，因此才令人畏懼。據說台灣的幽靈多半在雨後、暗夜、墓地、河畔、橋樑、樹下等處，會以死亡時的姿態現身。七月中元節，若無緣之鬼前來，必遭禍害，只有特定的人才看得到，幽靈多半惡性，但也有善靈。

亡靈的流連　1.台南有一名女子，嫁給了泉州來的商人，兩人工作勤奮，存了很多錢。後來，這名男子私自帶著錢財返回泉州，女子不知情，在爲他守節多年後才明白眞相，遂憂憤而死。死後亡靈每天晚上都在林投樹旁徘徊，以紙錢向人購食。衆人心生畏懼，漸漸就不再走過那條路了。後人建小廟加以祭祀，便不復出現了。

2.台南市某一婦人所有的房子被人強佔，死後無法瞑目，每天晚上都在屋內遊蕩，令人驚怕，因此，再也沒有人敢住了。

3.鳳山有個名叫王拱的人，他的業地在死後由其妻領有，但是妻子死後，一門也就絕後了。後來由其親戚王盤繼承，王拱的亡妻不甘心，每天披頭散髮出現，衆人害怕，便不再耕種。

六、迷信與怪談

這裏所說的稱不上是怪談，因其不具科學性，或者，稱爲迷信更爲恰當。尤其是台灣的怪談，多半不只是一種怪談，而是基於一種信仰所產生的，必須注意這一點。所謂的怪異、靈驗，大都與寺廟沿革或神佛的由來有關。而鬼神的存在，則有賴於怪異靈驗的存在，如此才能獲得信仰崇拜，否則寺廟、神佛可能會被人棄如敝屣。所以，利用迷信之徒就更加以怪異靈驗來做宣傳。

枯骨怪　昔日斗六有一位獨居的老婆婆。每至三更半夜時分，明明家中無人走動，卻會聽到「塩好鹹」的聲音。老婆婆只覺奇怪，並不放在心上。某天晚上，一名男子在她家聽見了鬼啼聲而倉皇逃走，第二天再來察看時，發現塩甕中埋著人骨。後來，將人骨埋到墓地後，老婆婆家中就不再聽到奇怪的聲音了。

地居主的亡靈　新豐郡仁德公學校的校長宿舍落成不久，附近常可聽到怪異的聲音，傳聞有美女的亡靈出現，或是在晚上會出現豬踐踏稻子的怪異現象。後來，校長因傷寒而住院，其長子也因故死亡。大家都說是因爲建家屋主沒有祭拜地居主之故，才會發生這些事。據說，該處前後曾有五名男女吊死，迷信者便指稱是亡靈在作祟。

風水與迷信　淡水街外有一間鄞山寺。其後方有兩座井，在風水上，好像青蛙的兩眼，前面的水池則似蛙口，因此被稱爲水蛙穴。汀州人認爲若在此地建廟宇的話，必定非常靈驗。但是，另一部分住民則認爲，淡水街在風水上是屬於蜈蚣形，如果被蛙吃掉了，那可是糟糕至極！因而提出抗議。後來，廟還是蓋了，從此街上果然是災禍頻仍。一部分人感到不安，遂找地理師商量。後來想了一個辦法，就是釣廟蛙。即在樹上高掛釣竿，每天晚上點燈火作爲餌食，奏鼓樂、唸咒術，釣蛙果然成功，井水霎時變成白濁的汚水，而汀州人也遇到了種種災禍。後來頻頻舉行祭典，漸漸的也就平安無事了。但是水蛙已成病蛙，與廟有關的人陸續遭到不幸，甚至有人死去。

七、台灣怪談的價值

台灣的驅邪押煞等巫術，避祟、牽亡等儀式，都是以妖怪的存在爲前提，可以說是病態的迷信。這是道士、乩童、紅姨、術士等的專業事項，他們爲圖職業上的私利，因而製造人爲的怪談，以建立最有力的地位。

台灣的怪談的確是富於迷信性，當然，這當中也隱含教訓的意思，不過，仍然欠缺社會性或進化性，不具有藝術價值，文學價值也很淡薄。總之，台灣的怪談應屬於舊慣信仰的產物，堪稱爲遺物。

神奇的紅姨

一、什麼是紅姨

台灣的舊慣中有尪姨這種巫女，為巫覡之一，是靈媒，專為病災者驅邪、治病的巫術者。

尪姨或稱紅姨，也寫成紅夷。紅姨的姨字，本是指母親的姊妹，而以紅姨來稱呼，表示對巫女的尊敬，也叫紅姨媽。紅姨媽是因為「媽」在當時意謂著祖母，也是表示敬意的一種稱呼。直到現在，仍為社會大衆所尊敬，受到相當的禮遇。事實上，紅姨多半是盲人，屬於賤民（舊稱下九流）階級。

偶爾也有男子成為紅姨，不過，通常是由女子擔任。當紅姨施行巫術時，會有一名名為法官或豎棹頭的男人與紅姨結托施行巫術，換言之，便是法官利用紅姨。藉著巫術收入的法官很多，據說作法一次，紅姨可得一圓，而法官可得二圓。此外，當紅姨的女子很少是處女，多半是爲人妻者或老寡婦，若爲夫婦共同行事，則可能是由於其中一人懂得紅姨巫術，或者是雙方皆來自巫術家庭，因爲懂巫術的關係而結爲夫婦。

靈媒指的是擔任神佛或死者靈魂媒介者，藉此使得神靈與人類之間的交通更爲圓滑，能夠達到安慰人心或是欲望的目的。乃是依神靈附身的型式來進行的。在台灣，很多人以紅姨爲靈媒。其方法是紅姨讓自己陷入自我催眠狀態，讓亡靈附身，在附身的狀態下，會自動說話或回答問題。當亡靈附身於紅姨身上時，紅姨會失去自我意識，而使用亡靈的言語或動作，持續數分鐘到幾小時，然後又清醒過來。神或靈魂附身於人的身上，就是神憑的開始，若是眞有神憑，人們當然會去尋求指導以求安慰。因此，藉著降神術或催眠術，使得紅姨更加跋扈了。

紅姨的降神術非常簡單，大都在暗室進行。首先由求術者說明聘請紅姨的目的，然後再施行巫術。關係者一起圍在桌前，桌上擺著香爐、燭台、供物等，紅姨與求術者面對面坐著，法官（豎棹頭）坐在紅姨右側。準備好之後，法官點燃蠟燭插在燭台上，焚香插在香爐中，以燭火點燃黃古仔紙，在紅姨面前上下晃動，口中念咒。法官不在的話，則由紅姨自己動手做。紅姨靜坐，排除雜念，集中精神，心存虔敬。所採取的方法，通常是暫時假睡，漸漸的，身體就會自然晃動，搖頭打呃，偶爾還會發出言語，或做出劇烈的動作。在回到靜止狀態時，開始回答問題。總之，要失去自我意識，做人格的變換，表現出亡靈出現的種種舉動。

二、紅姨巫術如何進行？

紅姨是婦人，因他人的請求而成爲神、佛、鬼神、魂魄附身而做出各式動作、言語的術者。雖然預言事物也是巫術的一種，但是，主要的巫術包括問佛、牽亡、換斗、解厄、栽花、消災、問灶君等。

問佛就是紅姨受人之託，以書寫的方式使神佛下降，附在自己身上，變換人格，述說神語，爲人解說各項疑難。例如，對於問病情的人，會說明其疾病是屬於何種狀態，醫藥的方法如何，如果要以藥草，該往哪個方向去找才能找到，或疾病是否能夠痊癒等等。如果是問失物，會告知失物是否已被他人拾去，可能是在哪兒遺失的，有無可能找回，該往何方去找等等。年輕的求術者若爲孕婦，問題多半是何時生產，生男生女，會不會難產等，紅姨都要一一回答。有的人問自己是否可以長生，有的人問自己能夠活到幾歲，其他有關人類的慾望等等，都可以向紅姨詢問、請求，在得其指導回答以後，就安心不少。問佛與問神事實上是同樣的，紅姨的問佛不須使用祭祀特定的神佛。所謂的問佛，實際上就等於是問紅姨，紅姨藉神佛來回答求術者所提的問題。

其次談牽亡，也就是牽亡魂。

紅姨手持長二、三尺的裁縫用線，兩端穿針、相連，一邊刺進死者的牌位，一邊插入自己的髮中，邊唸咒語邊喚死者的靈魂，讓死者附在自己身上，和亡靈的家族對談。這是紅姨經常受人請託的巫術。

進行之間，紅姨呈靜坐狀態，亡靈的家屬則燒香膜拜，請求神明將某位家人，在什麼時候、幾歲死的，自陰間引來。紅姨漸漸地就會自我催眠，而成為神附身的狀態。此時求術者便問引來的靈魂是男是女，得到紅姨的回答確定性別之後，再問靈魂離開陽間、入棺時的服裝，衫（上衣）有幾件，褲（下身）有幾件，確定無誤後，家人便相信這是死去之人所附身，於是開始與靈魂對談。這時，紅姨便由神格轉變為靈格，陳述臨終時與家人死別的悲痛，以及現在父母、家人、家事的狀況，語氣傷悲，哭泣表達出怨恨、憤怒、依戀人世的感情。

家人與亡靈的問答，依事情的多寡有時會持續幾個小時，不過，一般是在一小時內結束。結束後，為亡魂燒冥紙，送魂回陰間，然後，紅姨漸漸清醒，恢復常態，牽亡遂告終了。

像這種紅姨術，可說是原始時代「萬物皆有心」的思想，亦即精靈崇拜的遺物，時至今日，依然盛行，足證愚夫愚婦仍舊不少。

所謂的換斗，就是紅姨面對孕婦時，若知其懷的是女嬰（當然無法分辨，只是依賴信仰來假定，純屬迷信），便依孕婦的希望，施行巫術使其變成男嬰，或將男嬰變成女嬰。

所謂栽花，便是紅姨爲石女（不孕之婦女）栽植花卉，使其懷孕的巫術。

所謂解厄，係紅姨爲病者或遭逢災厄者驅除病魔、災殃的巫術，是本島的習俗。通常，人們認爲罹患疾病或遇到災厄，是由於邪魔鬼怪作祟，爲了消除病災，必須施行禳鬼之法。驅鬼的方法很多，以紅姨的情形來說，就是先對照求術者的生辰八字，若子年生則爲鼠形，丑年生爲牛形，剪紙成形，加上柳枝或桃枝，包在金紙中，外卷解厄紙（黃紙），藏在病災者的床下，依神語指示的時日、地點燒去這些東西，疾病便會痊癒，災厄就能消除。

所謂的消災，就是使用五色裁縫線將白、黑兩色的布旗縫在一起，然後由紅姨唸咒，摩擦受傷部位去除疼痛的方法。

此外，紅姨也會依求術者的請求，而進行問灶君、問風水等巫術。灶若有破損時，可能會導致災害；風水有損壞時，祖先的亡靈（公媽）會感到不安，而對子孫造成不良影響。求術者會詢問如何解厄，而紅姨爲了得到利益，可以天花亂墜地說要改造墳墓，或連不必修護的灶也要修築，導致金錢的浪費。

三、紅姨巫術與靈魂的故事

紅姨的巫術如先前所述，以靈魂的存在爲基本條件。而靈魂的存在這種思想是台灣習俗的主流，台灣本土的信仰，就是靈魂崇拜。而本土信仰對於神佛的崇拜，是以寄宿在神像佛像中的靈魂爲信仰對象，藉這神奇靈魂之力，祈求能夠引導人類得到幸福（主要是物質上的）。那麼，靈魂到底是否存在？尤其是人死之後，靈魂是否依然存在，這是值得深思的問題。

在未開化的社會中，通常相信人死後會有靈魂存在，而在文明社會，也無法加以否定。當然，今日仍有一派精神科學者主張靈魂的存在。昔日的人主要是使用想像，近代的科學則是以理論或實證爲基礎。想像與實證是無法相容的，如果要進行實證的話，恐怕地獄、極樂世界、靈魂的存在，在現代都會被否定了。雖然精神科學者無法加以證實，但是肯定靈魂是存在的。那是因爲他們認爲人的精神力或心靈的精神作用不滅，與物質不滅同樣具有物理學上的根據。如果靈魂不存在，那麼他世也不存在，人生是唯一的現世。如此一來，社會的風教制度從根本就會遭遇到挫折，屆時，人類將會面臨一個難以想像的不幸。所以宗教家主張有來世，教導衆人要脫離現世死亡的恐懼；而科學家依照其學理，雖然沒有足夠的證據可以證明靈魂不滅，但是，其目的仍在追求人生的幸福。

生死是件大事，喜生厭死是人之常情，而生與死之間，又有密切的關係存在。死，對於人生而言是嚴重的刺激，認爲死者還存在，這是來自於人格的自然觀，也是緣於生與死、有情與無情的判別不明確所造成的。人們之所以相信靈魂的存在，是因爲有怨靈的思想，或是看了死者的面孔，覺得對人世尙存依戀，或是夢見死者等等。不過，若因此即斷定靈魂的存在，未免失之輕率。

此外，人們相信靈魂有生靈與死靈之別，死，是生命的結束，以人情來思考，死後靈魂仍然會存在，但是，這要與理智的科學對抗，是很困難的。

死後靈魂仍然存在的說法，可以用蠟燭與二氧化碳來做說明。

蠟燭燃燒以後，會釋放出二氧化碳，而蠟燭則漸漸殆盡。精神力或勢力是不滅的，但是，若把靈魂和精神作用比喻成蠟燭和二氧化碳的話，二氧化碳對於室內的燈光是沒有任何幫助的。

無可否認的，相信靈魂的存在摻雜著許多感情因素。巫師多半是女子，紅姨幾乎都是女子，那是因爲女子比男子富感情、易激動的緣故。因此，相信神附身之說，承認心靈的存在，就成了一種迷信。其證據就是，不迷信的人神靈就不會依附在他們身上。神靈會附身是因爲被附身的人，因爲某種機遇而產生恐懼、感動的心情，覺得神靈附身才會出現這種現象。尤其是紅姨，與其說是請求神靈附身，還不如說是紅姨自己演變成神靈附身的姿態。尤其是紅姨的祈禱，好像催眠術一樣，集中精神，心情平靜下來，心中所想的事情就會脫口而出。這種現象被視作是神靈附身或亡靈附身，而紅姨所說的話不過是自身的經驗或她所具有的知識而已。

例如，紅姨若不會說國語，這個神靈附身自然也不會說國語。若沒有學問的話，就算學者附身，也無法裝得像一位學者。此外，雖然能說出一些過去的事情，但對現在和未來的事情，大都說不中。也就是說，紅姨的話多半是騙人的，不可不知。

時至今日，紅姨仍能利用迷信來牽亡魂或進行亡魂附身術，遂其詐騙錢財之目的。原因就在於我們無法證明人死後，幽靈是否眞的存在。因此，我們絕對不能嚮往神祕，應該要努力去發掘眞相才行。

四、巫術的害處

如前面所述的，紅姨是巫師的一種，也是職業靈媒。而其靈媒的根本條件，在於人們相信死後有靈魂的存在，因此，才能召喚靈魂出來與人對話。靈魂不具實體，但是據說眼睛能看到、耳朵能聽到、身體可碰觸到。這可能是心理學上所說的幻覺、錯覺吧。事實上，靈媒的出現可說是一種變態的心理。因此，紅姨利用這種心理做出各種言語或動作，也沒有什麼奇怪。

總之，紅姨能夠掌握他人的心理，而產生亡靈之說，事實上，這不過是紅姨自說自話罷了。所以，台灣有句俗諺「你是眞正的紅姨嘴」，便是責罵他人說話不誠實的意思。由此可知，紅姨在一般人心目中便是說謊之人，其話不足爲信。當然，在進行牽亡靈時，請求者完全相信她所說的話。請求者若是亡靈的子孫，藉著牽亡能得到精神上的安慰。他們不認爲紅姨的巫術是荒唐無稽的妖言，而在下層社會中，這種現象普遍流行，實在令人同情。

藉著紅姨所進行的換斗或栽花等巫術，都是非科學性的，實在是愚蠢至極。雖然紅姨欺騙他人，本身有罪，但迷信的民衆不能悟出其中道理，而受其欺騙，也是有錯，應該負一半的責任。因爲他們爲了實現現實的欲望，竟然喪失人類該有的智慧和常識。

時至今日，迷信陋習已根深柢固，非一朝一夕便可除去，因此，應該對巫術者施以嚴厲的處分才對。在此爲各位引述古代一個例子。

魏文侯時代，有一叫西門豹的人，到鄴縣就任縣令，到任以後便拜訪老人，詢問當地人民的痛苦。老人答說：「每年都要由巫女挑出村內一位美麗的姑娘，嫁給水神爲妻，必須沉入河底，因此，有女兒的人家都害怕的逃往他處，居民逐年減少，地方也越來越貧窮了。」又說：「巫女表示，若不將年輕女子嫁給河伯當妻子，那麼，就會出現大洪水，淹沒村民。」新任縣令聞言大驚。他決定要解救人民，破除迷信，於是，在祭祀河伯這一天，他命人將巫女沉入水中去詢問神意，當然，巫女並沒有活著回來。後來，縣民就不再蒙受巫害了。

由此可知，紅姨巫術是來自神靈信仰，並非緣起於能使人安心立命的宗教要求，這樣的巫術會妨礙衞生觀念的發達，有蔑視醫療之弊，而且更會束縛於命運觀念而做出愚蠢的行爲。因此，巫覡之類都是假借降神問佛之名，行荒唐無稽之言，蠱惑庶民，弊害極大。因此，清朝官府即以其會擾亂地方秩序與安寧，而屢屢加以嚴禁，舊誌亦因其弊害之大，而嚴加禁止。

實行巫術者，舉凡民衆有疾，即利用僧道作法，進錢補運……所謂問神，即藉一男子或女子，在家中擺好香燭金箔，以紅帕裹住其人之手，掩面，不久之後即能說鬼語，表示亡魂前來附身，竟日數十次，耗資數百錢。婦女尤深信不疑。此風應嚴禁，不可長。（彰化縣志）

……紅姨者，名爲女佛，探人隱事，乘機牟取暴利。信紅姨者應坐牢。（淡水廳志）

然而，迷信已深的民衆並不理會這些禁令，仍然陽奉陰違；巫術也更加利用人心之弱點，暗中蠢動不已。巫術至今猶相當盛行，可見要打破台灣的迷信陋習著實不易。

台灣的道士與巫術

一、道教與道士

道士也稱道人，以宗教而言，是道教的祭司、服務者。道教傳述黃老之道，因此，有人認爲開創者是老子，實則不然。原本，老子與道教沒有任何直接的關係，直到後漢的道士張道陵，爲了使自己所主張的道法具有價值，乃抬出老子，假稱是其道的開宗鼻祖。然而，實際上應是張道陵所創的。

道教的思想包含了中國古代的宗教思想、民間信仰，還有古代的學術、天文、醫術，以及儒教、老莊之學、佛教思想等等。另外，還帶有濃厚的神仙說、方術、陰陽說的色彩，綜合成爲道教的根本思想。其內容非常廣泛複雜，隨著時代的演進，變得更加社會化、複雜化。其模倣性與同化力非常大，後來成爲中國一般思想的總府，深深融入民衆的精神，支配大衆的生活。現在，冠婚葬祭、年節儀式也都染上了道教色彩。

台灣在明末鄭成功時代傳入道教。現在雖已不見踪影，但當時有所謂的眞武廟，大都建立在現今的台南、安平等地。眞武廟是祭祀道教徒信仰的玄天上帝的廟宇，玄天是北極星的化身，也稱爲北極大帝或眞武君。台灣縣誌記載：

「真武廟在東安坊，祭祀北極佑聖君。鄭氏據台之後，建立許多真武廟，為此邦之鎮廟。」

現在台灣的寺廟大多帶有道教色彩，光是祭祀玄天上帝的廟就有一百七十二座，由此可知，道教色彩何其濃厚了。自古以來，中國神佛的內容，隨著道教的發達，多多少少都融入其思想，台灣本土的神佛，也不例外。不過，台灣的民衆相當迷信怪力亂神，正如「台俗信鬼尙巫」舊誌所記載的，道士之輩的跋扈跳樑，似乎已成習俗。

道士據說起源於佛教，原本是指修行佛道之士，後來稱爲道教的祭司。根據佛教辭典記載，從漢、魏到苻姚，都稱衆僧爲道士；到魏太延二年（西元四三六年）時，寇謙之始創「道教家」的名稱。而現今道士的前身則爲「方士」。也就是說，以前所謂的方士是祭祀神仙、行導引、服餌、飛昇、變化等術的渡世者，秦始皇及漢武帝都深信其方術。方士自稱其道爲道教，更牽強附會的稱老子爲始祖，將老子、莊子的書視作仙道之書，崇拜老子，視其爲仙神之長，將天地創造之神玉皇大帝列在次位，而自稱爲道士。

道教也曾出現壓倒儒教、佛教的風光局面，但從明朝到清朝，逐漸走向衰運，爾後信奉道教者以中下階層居多，喜歡符咒怪異者大都相信道教。台灣的道教在明末時就已經墮落，隨著移民的傳入，許多無學無智之輩，多半非常相信，即使生病了也不去就醫吃藥，反而服用符水，遭到變異災害則閉門行法袪災。

台灣本土的宗教事務，大都是由僧侶、道士、巫覡等所從事，三百年來，在台灣社會占有重要地位（上九流之中），尤其是道士，根據舊誌的記載發現，在社會上，他們比僧侶更受重視與尊敬。而道士之所以在社會上佔有一席之地，可能是因爲道士是年節儀式、冠婚葬祭等儀式中不可或缺的人物吧！

二、道士的職務

台灣的道士稱作司公。通常分爲兩種；一爲烏頭司公，一爲紅頭司公。烏頭是指頭戴黑網巾的道士因而得名。此外，頭髮留長以後，稱作長髮僧或長毛僧。紅頭司公則是以紅布包頭。紅頭、烏頭的區別，與葬儀有關。不過，台灣的道士大都由僧侶或齋友兼任，雖然不合理，但是祭祀葬法已經職業化了。

原本道教就分成在道觀服務的道人，以及在市井從事農工商等副業，施行道術禁厭之法的道士兩種。道人爲出家的道士，不帶妻子。可是，這種道人在台灣一個也沒有，也沒有所謂的道觀。不過，混居市井的道士卻有千人以上。

在中國的道觀，有道士居住，但在台灣，並沒有眞正的道士存在。台灣無道觀、無道人，也沒有正式的道士。台灣的道士都住在市井，大都在自家設壇，自稱道士，民衆則稱其爲道士壇、司公壇。台灣的道士可以有妻有兒，因此與僧侶不同，大都世襲。而其修業法非常簡單，就是在人前祈禱，進行符咒等方法，讀經或學習其他技藝；或是實際上穿著道服，頭上插著簪子，跟隨先人進行葬祭之禮，學習諸神技藝，自然就能成爲道士。尤其是烏頭司公的修業程度，僅是練習讀經就自稱爲東家或首座，設道士壇，應喪家之請而進行葬祭儀式。他們很多都是大字不識，既不懂佛教，也不懂道教，只是恣意行使邪說僞謾，努力討喪家歡心以圖利而已。與其說是道士，還不如說是藝人。當然，距離宗教或信仰更遠了。

道士原本是道教的祭司，而現在只是單純的道教禮儀施行者，根本就不具有教權代表或教導信仰者等意義存在。而其禮儀的業務只有度生、度死這兩種。原本應行度生之業，但現在的烏頭卻以度死爲專業。度死就是對死者的禮儀，即葬儀，也就是做功德；度生則是對生者所做的禮儀，一爲祈福祈平安，一爲驅邪押煞。然而，前者的名目爲建醮、謝平安、做三獻等；後者則包括安胎、起土、豎符、補運等。此外，前者必須對神輸誠，祈求幸福、平安，而後者則是假藉神力指揮神兵，斬妖魔、屠惡鬼，藉此除人之疾病，爲人袪災。其行事項目如下：

- 道士
  - 烏頭
    - 度死
    - 度生
  - 紅頭＝度生
- （烏頭度生、紅頭度生）
  - 祈福祈平安：建醮、謝神、做三獻等。
  - 驅邪押煞：安胎、起土、補運等。

道士崇拜的神佛有很多，道教系統主要是天地開創者——玉皇大帝。其化身有老子、北極星（玄天上帝），還有黃帝之子文昌帝君、陰官城隍爺、關羽的神靈關聖帝君、道士之祖張道陵、航海之神媽祖、長壽之神東岳大帝、廚房之神灶君，以及財神、火神、雷神等自然崇拜之神，此外還有瘟神等等，不勝枚舉。

三、葬儀祭禮

在葬儀祭禮中，道士的職務大致如下。

在葬儀方面，爲了替死者祈求冥福而需誦經，從死亡到入棺、埋葬爲止，各方面都要照顧到。根據本土的習慣，當一個人嚥下最後一口氣時，就必須開始接受道士的照顧。從死亡到出葬爲止，開魂路、接棺、辭生、洗淨、入殮、公吊、出山等儀式，都不可或缺，而每一步驟也都與道士有關。

所謂開魂路，就是打開通往另外一個世界的陰間行路，使死者之靈不致迷路，由道士引導進行枕經。接棺則是棺材送來時，道士要念經迎接，以除凶氣。辭生係給予死者最後飲食的儀式。洗淨則是道士邊唸咒語邊用清水清洗屍體的儀式。入殮即納棺，在死後第二天進行，道士邊誦經，邊由土公仔將屍體納入棺中，並添入銀紙、金銀褲等。最後是蓋棺，由特定的人或道士釘上釘子，這時，要不斷地誦經、鳴鐃鈢、燃香燒紙。入棺之後到埋葬這段時間，稱作殯殮或停柩。

其次是公吊，就是出葬當天集合一族之人，供奉豬、羊、牲禮等，進行追悼的儀式。出山也稱出棺，就是眞正的葬禮。公吊與出山可說是連續的儀式。行列準備妥當以後，道士供牲禮等，對柩行祭煞之禮，撒塩和米，一邊誦經，一邊祛除煞氣，然後由子孫、親友燒香禮拜，最後燒金銀紙。接著就是「祭起馬」，也就是出發的開始。由四人到三十二人扛靈柩，朝墓地出發，謂之出山。道士爲柩棺的先導，埋葬以後，引導死者的亡靈回到喪家，然後祭祀牌位，稱爲安靈。於是葬禮宣告結束。

另外還有所謂的「做旬」。旬原本是十日，這兒指的是七天。也稱作「做七」。道士每旬要來靈前誦經，去除靈魂之苦，又稱超度或祓度。通常要進行七次，因貧富之故，有人進行兩三次就結束了，較長者甚至會做到百日。而做旬、做七也稱作做功德、做功果，此爲追善供養的大祭，由道士誦經、奏樂、弄鉢，表演一些巧技讓衆人看，藉此安慰死者的靈魂。最後一旬稱作尾旬，在尾旬之日或是百日那天，要進行「除靈」或「放謝馬」的儀式。也就是將紙糊的靈厝、紙人擺在正廳。紙糊的大厝有中庭、左右房、花楣欄杆、匾額等，形狀如陽間住家一樣。紙糊的車馬、從僕、器具等則添置一旁。到三旬或五旬時，由已出嫁或尚待字閨中的女兒，贈予稱作二十四孝山的紙山，全都要放在正廳。到了四十九日或百日，道士進行除靈的儀式時，將紙糊的靈厝、人、馬、器具等，全部燒給死者使用，這叫「放謝馬」或「放赦馬」。而除靈則是在葬禮後，將臨時祭祀用的牌位燒掉，重造永久性的牌位來替代，有的則寫入歷代祖先牌位中一起供奉。

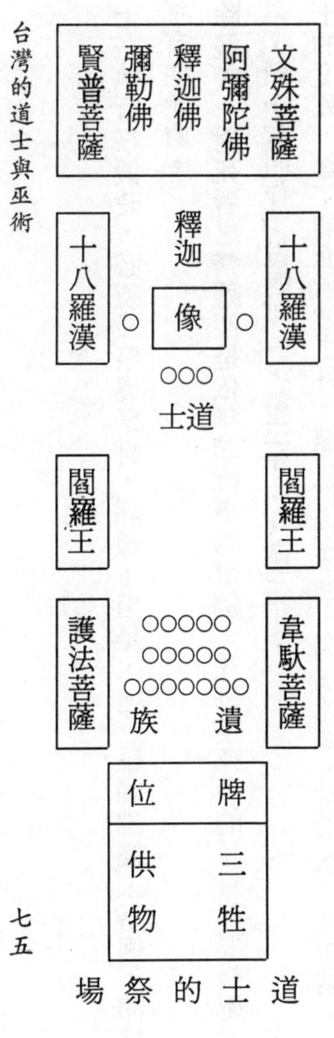

道士的祭場

道士在執行祭儀時，必須設祭場祭神、誦經；但是，道士雖誦佛經、祭佛，卻排斥佛教，似乎有些矛盾。

在除靈後，對死者之祭禮便是依年節行事的慣例，在每年死者的忌日都要祭祀，稱作「做忌」，頭一次叫作「做對年」，第三年叫作做三年。

道士的度死，除了前面所述之外，還有打眠床枷、開枉死城、牽水狀、打血盆、引魂、拜藥王等，都是其主要職務。

特別是眠床。習慣上，生病時躺在床上，臨終之際則必須抬到地上。若在床上嚥下最後一口氣，據說靈魂會被束縛在床板上，不得自由。因此，必須請道士將其框（束縛）打破才行。

其次是枉死，也就是橫死，如自殺、他殺、災變等所導致的死亡。而枉死者的靈魂會產生各種障礙，無法自由步行，就算其靈去到陰間，靈魂也會被監禁在枉死城內，沒有接受閻王審判的資格，因此，無法到天堂或極樂世界去，當然也無法轉世爲人。所以，必須藉道士的法力，將其解救出來，使其具有與一般死者同樣的資格。

所謂牽水狀則是因爲溺死的人，靈魂還停留在溺死之處，無法往生，因此，必須聘請道士誦經，藉法術引導其靈魂到陰間接受審判。打血盆指的是因生產而死的婦人的靈魂，會浸在血池中受苦，所以必須請道士做功德，將其靈魂從血池中牽引出來，往生極樂世界去。而引魂則是死在外地的人，怕靈魂會迷路無法回家，故須藉道士的巫術將其靈魂帶回家中。拜藥王則是指拜藥神，生前服用很多藥物的人，承受藥王的恩惠頗多，對世人而言，犯了獨佔恩惠之罪，因此，必須請求道士誦藥王經或藥王懺，免除其罪。

在葬儀祭禮中，道士所唸誦的經典如下。當然，是由烏頭司公來進行的。

1.（佛說）金剛經、觀音經、阿彌陀經、血盆經。

2.（雜說）十王懺、三昧水懺、金剛科儀、藥懺。

3.香火雜文（其間夾雜詭語妄語，有趣而又可笑）。

4.金橋科儀（其間夾雜許多猥褻雜語）。

此外，祭儀當中，「忌」或「通夜」稱作午夜．水懺卷．一天．二天．三天。午夜是最簡單的儀式，從下午到傍晚進行，或是傍晚到半夜進行。前者依鬧壇、發關、請佛、豎幡、安灶君、安監齋、引魂、沐浴、頂禮、落馬、十王懺、請祖公的順序進行；後者則依鬧壇、打地獄（女子爲打血盆，產婦則爲產亡牽血轆）、過奈河橋、做靈忌、請經、挑經、走藥懺、還庫、遇王解結、謝壇、謝祖公、交牒的順序進行。

從鬧壇開始，爲了熱鬧，必須奏樂，發關則是開陰間的關門，請神是祭祀神佛；豎幡是爲了招靈魂而豎立幡；安灶君是祭祀廚房之神；安監齋是祭祀食堂之神；引魂則是接引靈魂到來；沐浴係爲靈魂淨身；頂禮是膜拜前來的靈魂；落馬是靈魂從馬上下來就定位；十王懺指的是祭祀十殿閻羅王的儀式；請祖公則爲祭祀祖先。

打地獄或打血盆，是從地獄、血池等受難所救出靈魂，而目連尊者爲了救出亡靈，必須到地獄和鬼交涉，其對話如以下般荒誕無稽。

目連：「鬼將！開關門。」

鬼：「無錢無通來。」

目連：「一錢與汝買棺材……八仙湯……強招……（芭蕉）……金斗……食無份。」

而過奈河橋則是靈魂要度過地獄之橋，若不幸跌落，會遭到各種災禍，非常危險。所以要藉著儀式，由捧著牌位過橋的道士，口中唸唱以下的語句，做出種種怒吼。

一度到琉璃山嶺　二度到香山嶺　三度到離其嶺　四度到餓狗公　五度到蜈其公

六度到石頭公　七度到猛虎公　八度到渡子公　九度到蘇陀椿　十度到太山門

其次「做靈忌」，就是一邊拿著供物走路，一邊進行雜唸雜嘴；請經則是由佛接受經本，進行雜唸；排經則爲挑目連像、經本與牌位，以繞圓方式步行，並進行雜唸雜嘴。此外，雜唸所用的歌，像十月懷胎歌、十勸娘歌等，都是嘲笑婦女的歌，由地方上人士或道士來進行。有時，雜唸是爲了使祭儀變得更熱鬧而做的。

所謂「走藥懺」，則是一邊唱藥王懺，一邊繞著祭場走。「遇王解結」是將靈魂帶到陰間的閻羅王面前，接受審判，重入輪廻轉生，而能得到圓滿結果的意思。現在，北部道士所進行的儀式，幾乎已經完全失去這些意義了。

四、祈福祈平安

道士祈福祈平安是屬於度生的儀式，分爲建醮、謝神、做三獻等。

建醮一稱「做醮」，以祈求個人或社會的福祉繁榮、無病息災爲目的，分爲瘟醮、起安醮、水醮、火醮、開光醮等。

瘟醮可說追溯到台灣過去的歷史。據說惡疫的流行是瘟神或疫神撒播所造成的，爲了予以鎮壓，故舉行祈禱的祭典。後來，將瘟神稱爲「王爺」，將其比擬爲人鬼，現在各地皆有祭祀，爲了除惡疫，每隔一至四、五年都要做一次瘟醮。但是近年來，幾乎不再以街庄的方式進行，而由個人或寺廟偶爾行之。「起安醮」也稱「平安醮」，爲了祈求街庄的安全，數年進行一次或臨時起意。「水醮」則是爲了除水災或爲溺死者請道士祈平安、祈冥福的祭典。「火醮」則是爲了除火災，或爲火災死者祈冥福，或爲祈求將來息災而進行的祭典。「開光醮」則是廟宇落成時，爲神像進行開眼（點眼）的儀式，祭祀新造的神佛像須藉道士的法術使神靈寄宿於像中，否則就算塑了佛像，魂也無法寄宿其中。以往佛像的點眼儀式都由僧侶爲之，今則依賴道士進行，實在是怪事。

原本做醮是一種大祭。祭典的時期及期間也各有不同，可能只做一天，或數週內交互進行，以二日醮、三日醮最常見。其時期分爲年例性與臨時性，一年一次、兩年一次，及至十年一次，都是屬於年例性的；而像寺廟落成、開光、火、水醮，或除災厄等祭典，則大都是臨時性的。

1.二日醮——二日醮也稱作二天。以兩天三夜的方式進行。第一天行鬧壇，從前夜開始便由道士奏樂；其次是將祭事用的紙製建物、神、佛、紙人等供物獻上，唸通神咒或開光偈，燒天金、壽金、福金、刈金、中金這五色金，謂之開光。第三爲發表，大約凌晨兩點時，由五位道士戴金冠、著道衣，手持朝板、提朝珠，於神前唸誦發表科儀，朗讀爐主以下的祭典人員名簿，燒五色金。再唸誦啓請科儀、香偈、水偈，稱作啓請；唸灶君偈稱爲安灶；唸灶君經稱作開灶君經。其次唸誦福德經、三官經、北斗經、星辰懺、南辰經、上元懺等，稱爲開福德及至開上元。

然後是獻供，將供物供在內壇、前壇的各神佛前，由道士五人唸三清偈、水偈、香偈，燒五色金。其次是唸誦中元懺、下元懺，稱作開中元、開下元。然後是祭祀龍神，唸龍神經、燒五色金。

最後要放水燈。爲了招請水府的孤魂，當天下午，爐主以下各祭典委員，各自拿著水燈，和道士一起巡廻市街，到河邊去放水燈，招請水鬼回到祭場。其次再開龍神懺、解運、延壽，必須唸誦龍神懺、解運經、延壽經，燒五色金。第一天的祭事到此告一段落。

第二天從早上開始，內外壇要供奉供物，道士唸誦啓聖經。其次在凌晨兩點左右，唸誦早朝科、度人經。十一時左右唸誦午朝科、玉樞經，燒五色金。正午時獻供，就是將供物獻給諸神佛，誦經燒金。到了下午兩點，要謝三界，就是對諸神供奉豬、羊、五牲，誦經、燒五色金、燒錢送諸神。其次唸誦宿朝科，最後進行晚上的施餓鬼會。

施餓鬼會也稱作普度、普施或賑濟孤魂，或單稱爲度孤。先搭好孤棚，供奉供物、金銀紙類，唸誦道士救苦偈，九點左右開始進行大普渡，唸誦刀兵偈、化食偈等，十二點以前，將紙厝、神佛、人形等和金銀紙一起燒掉。普度儀式便告終了。其次要勅符謝壇，在內壇供奉三牲、香花、菜碗、金紙，唸誦送神經，燒五色金。二日醮的祭典到此全告結束。翌日爲了送神，常會在正午或傍晚時分大開筵席。

2.三日醮——三日醮與二日醮大同小異，不過多了一天，祭典較二日醮更爲繁瑣複雜。茲將三天內所進行的儀式項目列舉如下。

第一天⇩1.鬧壇。2.開光。3.發表。4.啓請。5.安灶安香瓣。6.開灶君經。7.開福德。8.開三官。9.開北斗。10.開星辰。11.開南辰。12.開上元。13.獻供。14.開中元。15.開下元。16.開龍神經。17.開龍神懺。18.解運。19.延壽。

第二天⇩20.早朝科。21.午朝科。22.獻供。23.放水燈。24.晚朝科。

第三天⇩25.啓聖。26.開禁壇科。27.啓聖中白。28.洪文協讚。29.獻供。30.謝三界。31.宿朝科。32.洗淨孤魂。33.普施。34.勅符謝壇。

五、驅邪押煞

道士最常進行的巫術就是驅邪押煞。驅邪押煞也稱作符水禁咒，或稱禁厭，驅邪押煞指其行爲，符水禁咒則指其行爲的方法。因看法不同而給予不同名稱，其實內容完全一樣。

驅邪是驅除邪魔，押煞則是鎭住妖怪，這裏的邪魔妖怪不是抽象的，必須具體化，這一點要注意。

根據本土的信仰，邪魔鬼怪在幽靈中屬於厲鬼，會對人類進行種種危害。因此，當人類遇到疾病災厄時，總認爲是某種邪魔鬼怪在作祟。所以必須進行驅邪押煞。而本島道士所進行的驅邪押煞，是藉神佛之力或各種神祕力量，免除邪魔所帶來的災厄，禳除禍害，或直接驅退邪魔，加以鎮壓、懲處。

符水的符是指寫有字畫的紙，水則單純是水。符大都使用於驅邪治病，但是不論怎麼用，都要先燒符，然後配合水一起使用或呑服，因此，符與水密不可分，故謂之符水。水是用符時必須有的工具，並不具有什麼神秘力量，這點各位必須知道。

再來談禁厭。禁是禁厭，厭是厭勝之意，意謂拂除或以詛咒的方式獲勝。由此可知，禁便是押煞，厭就是驅邪。禁厭也稱作禁忌或禁咒，而禁、厭、咒的意思是一樣的。

禁厭的主要目的在於無病息災、使疾病痊癒、增進福利、拔除災厄，大都以利己的願望爲主。道士最常做的禁厭法術是起土、收煞、安胎、縛胎、洗淸、搶神、收驚等。

首先來談「起土」。在土地上，有各種神居住於其中，當爲了建家宅或築墓地而必須挖土時，進行一切動土工程前，都必須祭祀土神。否則，在工事進行時觸怒了土神，就會遭到土神作祟。所以，必須由道士作法祭祀土神，爲防祟而祈禱。

「收煞」則是因爲搬新家、撤離、移動、居住時，怕觸犯邪神。此邪神謂之飛煞，有時會對人作祟，故須聘請道士進行收煞（押煞）。道士以法索綁住邪神，去除其害，進行祈禱。法索是一尺長的蛇形棒，上面綁著布帶。

「安始」就是對安產的祈禱。產婦的居室中有胎神保護孕婦的安全，但是，若不小心觸犯了，反而會受其作崇導致生產不順。由於不知孕婦何時何地會觸犯胎神，因此，爲了安產，須聘請道士施行安產的儀式。當然，這是道士自我宣傳，希望藉著迷信流佈而獲利的一種手段。

此外，與安胎有關的就是「縛胎」。當孕婦難產，母子都危險時，要棄胎兒救母體時，必須請道士進行縛胎的儀式。道士一邊唸咒語，一邊使用法索毆打孕婦腹部，使胎兒死亡，再藉巫術綁縛胎兒，使其死產，解救母體。

所謂「洗清」，是認爲眼疾乃因凝視邪神，遭邪神作祟所致，故須請道士做法袪除。道士在神前誦經，唱咒文，畫符，然後將符泡在水中，清洗病人的眼睛。據說眼疾就能夠痊癒。

「搶神」是在人因驚慌過度而昏倒人事不省時，靈魂會飛離肉體，陷入迷惘。這時，必須請道士實行「搶神」。道士先讓昏倒的人側臥，在其面前吹角或法螺（貝），鳴鈴鐘，唱咒文，引領出竅的心魂回到人體。

「收驚」則是認爲小孩夜晚啼哭或生病，是被邪神驚嚇所致，因此，必須請道士收驚。這時，邪神就會離開小孩體內，疾病即霍然而癒。

以上所舉是道士所做的主要法術，另外還有很多荒誕無稽的巫術，不勝枚舉，對社會造成許多不良影響。

六、道士巫術之弊

道教納入神仙說、儒教、佛教、其他通俗信仰的思想，更倣效佛教的組織，因此，和佛教的僧侶一樣，道士對於葬禮祈禱也能夠發揮作用。當道士接受個人或團體的請託而進行葬禮祈禱時，必須依照請求者的希望，實行各種雜方。道士的雜方包括鼓笛、喇叭、銅鑼等的吹奏，或誦經等行爲。而道士也可以在誦經時吹法螺，配合奏樂，就好像藝人的雜耍表演一樣。時間上可能徹夜進行，或持續數晝夜，非常吵鬧。更有在瀕臨死亡之人面前表演，卻說病人不再感到痛苦了，這種迷信眞教人覺得可怕。

其次，道士祭禮的弊端在於道士們多半不知葬祭儀式的眞正作法，有些巫術眞是荒誕無稽，教人啼笑皆非，甚而在誦經時，盜食神佛前的供物，表現出其卑劣不堪的行爲。這樣的人哪有資格成爲葬禮的執行者，受人尊敬呢？

有些道士在儀式中甚至大聲喧嘩談笑，旁若無人，有害風教。有時因爲過分嘈雜而妨礙安眠，同時也妨礙交通，或在儀式進行當中，特別接近婦女，導致春情發作，淫風瀰漫，也是曾有的事。

爲各位介紹一個曾二娘的儀式，便知其荒唐無稽、淫猥的程度，戲謔地諷刺排斥佛教，誹謗佛經，僞作經文，惡化人心，可說是卑劣不堪且下賤低俗。

曾二娘經爲金橋科儀的主幹，是台灣僞經的一種。據說在明朝有一對曾二夫妻，努力修養，一生遵守齋戒，死後受到閻羅王的讚賞，在土地公的帶領下度過金橋，而金橋科儀指的是經文，後也成爲戲劇的腳本。劇中主要人物有土地公、曾二夫妻、牛爺、馬爺、金童、玉女等，演下來大約要兩個小時。而當中所用的言語，大都是有地名，或關於爭執問答在內的，也與其他雜唸有關。地名會使用一些無聊的話語來代替淫猥的事物，例如，「埋死人洗糞箕」指的是台灣，「查某人月經」指的是紅水溝，「青瞑嫖查某（瞎子嫖妓）」指的是茫茫坑，「雞江打鴨母（雄雞和雌鴨交配）」指的是二結，「查某人生疥（生疥癬的女人）」指的是粗坑，「查某人過溪」意謂礁溪。

其次，關於爭執問答，以曾二和土地公的對罵爲例。

土地公：「二官汝偷烝查某，掠汝見巡查補。」（你誘拐女人，帶你到巡查補那兒去。）

曾二：「土地公汝不驚痛，掠汝見保正。」（你不怕痛嗎？我帶你到保正那兒去。）

土地公：「二官汝不驚死，掠汝見總理。」（你不怕死嗎？帶中你去見總理。）

曾二：「土地公汝不可相嘲撻，掠汝見警察。」（別把我當傻瓜，帶你去見警察哦！）

以上的問答不具任何意義，只不過是押韻的對語而已。但其中表現一種思想，就是警察比總理、保正、巡查補都來得有威嚴，更令人畏懼。

其次是土地公戲弄曾二娘。他問曾二娘：「汝是福州婆，亦是客婆，亦是青蕃婆，亦是熟蕃婆，亦是日本婆，亦是朝鮮婆。」（妳是福州女人，還是廣東女人，是生蕃還是熟蕃，是日本人還是朝鮮人呢？）沒有任何意義，只是連呼婆字而已。

另外，在排斥佛教方面，目標對準佛教的「佛」字，佛在發音上與俗語的弗（果實的實子）類似，因此以此蔑稱佛名。例如：「雙頭尖尖千仔佛、生絲生毛樣子佛、烏烏圓圓龍眼佛、猫猫咒咒桃仔佛、大粒佛、小粒佛、牛屎佛」等。此外，還有輕視經典之語，如十字街頭媽祖經（廟宮）、北門口有苦力經（苦力之家）、新港街有查某經（妓女戶）、南門亦有打鐵經（打鐵舖）、大房經（大室）、小房經（小室）、火灰經（灰溜）、便所經（廁所）等，「經」的台語發音與「間」相通，因此加以倣用。

這些都是道士在進行葬祭儀式時必須注意的，尤其是符水禁咒，或是妖言惑衆等，都是令人感到遺憾的事情。總之，巫術的弊害基本上來自陰陽道之說。陰陽道考慮到日月與十干十二支的關係，推相生相剋之理，論吉凶禍福，成立諸種禁忌，若犯禁忌則會導致災禍臨身。歲有歲之吉凶，其他還有月的吉凶、日的吉凶、時的吉凶、方位的吉凶、一身的吉凶等無數大大小小的吉凶，有很多奇怪的物忌，必須努力避免。其迷信性是非科學的，當然不值得相信，但是，施術者卻會利用一些藥品，或是以心理暗示，讓人相信其奇異的效果。尤其是藉著陰陽之說，認爲肉身只要努力也會成爲神仙，只要依循陰陽五行說就不會違反自然。然而，自古以來相信符咒禁厭的巫術而加以實用者，多半表現出社會墮落的一面。

禁厭的巫術大都是與疾病、治療有關的迷信，醫術與巫術有密不可分的關係，因此，傳符咒，以祈禱通靈，使傳統的禁厭法流傳下來，眞是煞費苦心。而在民間，希望藉著這種暗示或巫術得到安慰的人很多，因此而受其害者也不少。這種迷信到現在仍然相當盛行。

台灣的習俗是，就算生病了也不向醫生拿藥，反而乞求神明賜予解藥。在舊誌中也記載著「俗，信巫鬼，病則向神乞藥，亦皆漳泉舊俗。」因爲這個原因，使人們產生疾病都是鬼神作祟的迷信，認爲與其接受醫生的診斷，倒不如接受鬼神的啓示來得直接，而且有效。也就是說，迷信長久下來已經演變成一種習俗，而且在民心根深柢固。因此，必須加以研究、考察、判斷，採取適切的處理方式。

此外，台灣老子道教會在台北市蓬萊閣組織發會。其會文第四條爲「闡明老子之道德，以適合國情的道教基礎的確立爲趣旨」。而第五條則規定「力圖會員的人格提升，強化敬神崇祖的觀念，體會國家精神，扶翼無窮的皇運」。而其細則則爲1.大麻奉齋。2.獎勵請求者（葬禮）。3.葬禮要敬肅。4.道服的改良。5.敬神作法的研究。6.陋習的廢止等等，值得衆人注意效法。

有應公崇拜

一、台灣習俗與有應公

台灣迷信的一種形態，同時也是本島文化發達的一大阻礙，就是有應公崇拜。這種信仰的起源來自明末清初渡台移居者，後來的三百年間，其信仰度不斷提升，並未停止。實在令人感覺可恥！事實上，本島民衆雖有程度上的差別，但大部分都是有應公的信徒，即使是有名望的人或是知識分子，也沒有辦法輕易脫離這種信仰狀態。

舉凡迷信，都是來自於人們對事物的愚昧迷妄，且又成爲社會演進的一種習俗，得到許多民衆的共同信仰。

然而，迷信不一定全部都要打破，有的反而對社會有益，可是，對於有應公的崇拜，不管從哪一方面來看，都是一種迷信，一種邪信，其信仰層面更是普及全島。有應公的祭祀或所謂的有應公廟，在樹下、在墓旁、在山麓、田邊、路旁、街庄部落等，到處可見，可說是極不衛生的廟宇，在都市中到處散亂著，破壞市容。通俗信仰的根深柢固由此可見，令有識者大感驚訝。

二、有應公的意義

有應公是「有求必應」、「有需必應」的意思，由此可以看出民間之所以如此崇拜有應公的原因。

有應公的「公」字，原本是指祖父或祖先，在這兒則意謂著「親密、值得敬愛的人格」，並不一定表示男性。有時並無性別之分，除了有應公之外，其實也有有應媽、聖媽、大衆媽的說法。

此外，也指無名的枯骨。這就不一定要放在廟中祭祀，像曝露山林田野的白骨，也可以叫作有應公。而同樣是白骨，被稱爲有應公的大部分都是頭骨。甚至不只是白骨，所有無緣的靈魂都可以稱作有應公。

對有應公，只要看其稱呼的方法，便知道其信仰的態度了。例如，若稱「無緣鬼」的話，沒有任何尊敬的意思。但是，若稱其「靈魂」或「人鬼」，則含有恐懼的心理，當然不可能加以祭祀，祈求冥助。若稱爲「無緣佛」的話，也是同樣的情形，只不過是一個個別的存在罷了。

但是，如果稱爲「有應公」，表示萬善同歸之意。也就是說，在大家都是同志的觀念之下，展現出關係親密的態度。意味著不管是誰，死後都會回歸到同一個場所。

有應公又稱作普度公。像七月的中元節，就是祭祀一些孤魂野鬼。雖然與枯骨並沒有直接的關係，但是，對於有應公而言，這個特殊的稱呼確具有非凡的意義。

其次，由「萬善同歸」的觀念也發展出對「萬善爺」的信仰。爺也是對父親的尊稱，但是，後來也適用於與父親同等以上的他人或是神明的稱呼。例如，老爺、師爺、大老爺等，是對現代人的尊稱；太子爺、義民爺、關帝爺、城隍爺等，則是對神明的敬稱。

通常有應公是在小祠祭祀，而萬善爺則在較大的寺廟祭祀。

同樣是爺，另外還有大衆爺。大衆爺指的是大官，或是對社會有功勞者的靈魂或枯骨，而後來將鬼中大將，即鬼王格者也稱作大衆爺。現在也有人將有應公稱作大衆爺。然而，大衆爺廟卻是有應公廟中最大的廟。現在，大衆爺已經脫離了有應公的本質，成爲監視衆多孤魂的神。大衆廟也非常堂皇富麗，不遜於大寺廟。此外，有應公有時不只限於人鬼，也可用以指稱其他動物的靈或骨，或者抽象的泛指一般孤魂。

散落本島各地的有應公廟到底有幾間，其詳細數字不得而知，我們試著加以分類，做個比較研究。

三、有應公廟的研究

一般的有應公廟建築物，是寺廟當中最不乾淨的。大都是土塊造瓦葺，較爲堅固的是石造瓦葺，較爲粗糙的則是土角造茅葺。

有應公廟的佔地非常寬廣，不過最大也不超過一百坪。其建築物若爲路旁小祠，則比一般的寺廟狹窄，偶爾也會有百坪以上的。

不論廟宇的大小，除了少數幾座之外，幾乎各廟都有管理人，負責祭祀工作，而規模較大者也會另外設廟守，負責早晚的燒香及其他祭祀工作。

對於有應公的信仰，隨著文化的進步，已經逐漸銷聲匿跡了，不過，過去也有極盛時期。根據紀錄，曾有街庄民全部都是信仰者，一廟大約有一萬名信徒，著實嚇人。而其創立的年代，據說兩、三百年前非常的興盛。

在本島的有應公廟與土地公廟一樣，登錄在寺廟台帳，當成寺廟，與一般的寺廟齋堂用同樣的方法管理，大多數是路旁小祠。由於有應公廟與墳墓有密切的關係，因此，墓地附近大都會建有應公廟。

四、枯骨

有應公的起源來自枯骨。人類所住的社會有枯骨的出現，就好像水邊有貝殼的存在一樣。在有火葬習慣的社會，很少看到枯骨，但是，台灣一向習慣土葬，因此到目前仍然有時會發現白骨。

尤其是台灣，人類居住其間也有幾千年的時光了，就我所知，在明末清初，從福建、廣東各地移居到台灣的人，最早到現在也有三百年了。而在幾番生死輪轉之間，有了許多枯骨，因爲當時的渡台者大都是出外工作的人，並未携帶家眷，因此客死異鄉，成爲無緣佛者並不少。

當然，當時的官府爲了敦睦人心，對於這些因爲貧窮而無法埋葬者，或是曝露在荒野的無緣枯骨，都會加以收容，記下其鄉貫姓名，再將遺屍遺骨送回其鄉貫，或就地埋葬，然後收容其枯骨。

另一方面，民間有志者也會互相籌措資金，埋葬這一類的遺骸。而經常從事這一類工作、有功勞者，官府也會加以表揚。但是，這只是暫時、無奈的辦法，並不是萬全之策。因為由官府埋葬，後來成為無緣的枯骨，曝露於荒野任風吹雨打者，也著實不少。

此外，本島開拓的當時，原住民的高山族被趕走，移居山間時，祖先的遺骨、餓骨被迫放棄，而成為枯骨。再者，當時台灣海峽所發生的船難，遠超過現代人想像之多，遇難者的屍骸被海浪沖到海岸邊，成為無緣的枯骨者也不少。還有，台灣當時尚未開化，醫療不普遍也不進步，由於瘴癘蠻雨，加上紛爭打鬥又多，犧牲者自然也不少。台灣又是天災地變較多之地方，一夜洪水，可能就使人畜房屋皆付諸東流，因此，墳墓遭到毀壞，枯骨四散成為無緣佛的情況非常多。

五、對於枯骨的觀念

喜生厭死是人之常情，尤其對於死更覺得污穢。一般人看到生物的死屍都會感到厭惡；看到枯骨，心情不會更好過。在意想不到的地方看到白骨，更是恐怖。原始宗教即起源於恐懼。

在本島，對於有應公的信仰，可能也緣於此吧。昔日的官府為了利用人性弱點，實行教化之舉，而建立了有應公廟。也就是說，假稱路旁遺棄的枯骨（或是牌位）會作祟，因而加以撿拾、蒐集，進行供養膜拜，才能得到無量的福德，而將撿集枯骨、加以憑弔變成一種社會事業。

在人道上，這是非常好的行爲。而先知先覺爲了緩和民衆的殺伐性、殘忍性，培養慈悲心，而獎勵人們祭祀枯骨、牌位，可以說其來有自。

義塚、普濟堂、厲壇、南北壇等制度，就是因此而產生的。「義塚」是爲了埋葬枯骨而設置的墓地，此外，捐出墓地、捐出金錢以客死異鄉者、無名者、窮民等的屍體。「普濟堂」則是救濟鰥寡孤獨窮民的官署，其費用的一部分會用來充當維持義塚的費用，這種方式在本島行之久矣。「厲壇」是祭祀無名靈魂的地方，每年三月的寒食節、七月的望日和十月的朔日，爲例祭日。「南北壇」則是源於往昔天子在南郊祭天、在北郊祭地的儀式。如今在台灣也有南壇、北壇的有應公廟存在。

由此可知，對有應公的信仰，是官民相呼應，自古以來熱烈崇拜而醞釀成的，認爲只要向祂祈求，就會有所應報，因此，有應公廟的香火始終不斷。

六、現實的祈願

有應公是屬於低級民間信仰的對象，因此，祈願的內容也非常實際，主要是爲了滿足眼前的欲望。但值得注意的是，對於地理、歷史的風俗、習慣所造成的影響也很大。

換言之，在台灣有應公信仰可說是時代風教的一種表徵，在風俗史上，它著實是一個特別的產物。因此，我們在進行台灣迷信的研究時，對此頗感興趣。

㈠關於疾病的祈願

對有應公的祈願之一就是希望疾病痊癒。在現代，幾乎一切的疾病都依賴醫藥療養，以期恢復健康。若是流行性疫病，當然也必須要依賴醫藥，不過，此等疫病可防患於未然。

但是，清朝時期的台灣，醫術尚屬幼稚，連一般病症都不容易治療。一方面是由於衛生設施不完善，因此像瘟疫、赤痢、霍亂等惡性疫病非常流行，爲當時百姓生命的大敵。爲了逃避這可怕的疾病，不依賴醫術，反倒向神佛靠攏，也是無可奈何的事。

因此，有應公就成了能驅除病魔之神，而對有應公進行抽象的祈願，例如：「希望不要罹患疾病」、「希望疾病痊癒」等。也有人認爲有應公能告知罹病的原因，同時教導消災治病的方法，因此，認爲其具有威靈而受人信仰。

當然，祈禱疾病痊癒可說是對有應公的祈願中，特別單純又熱烈的一種。由這一方面來看，有應公應該不是令人畏懼的惡神，而是受人敬仰的善神，這種祈願在過去非常興盛，但是隨著文化的進展，已明顯地衰退了，這也是不難觀察到的現象。

㈡六畜興旺

其次的祈願當屬六畜興旺。這主要是農民的祈願。

六畜指的是馬、牛、羊、雞、狗、豬，三字經中即曰：「馬牛羊、雞犬豕、此六畜、人所飼。」六畜便是自此沿用而來。不過，台灣一向不產馬，因此，馬不能算是六畜之一，然而，家畜對於農民的生活，有很大的幫助，也是農民唯一的財產，是生命線。

也就是說，家畜是農家的一種經濟單位，而馬、牛又可當作農作、交通工具，豬、羊、雞則可供食用，狗會看家，也是防禦盜匪不可或缺的動物。因此，家畜生病或逃逸，或被偷走，為了息災或事先預防而向有應公祈願。這是相當正常的事。

因此，對有應公進行六畜興旺的祈願，可說是農牧時代的遺跡。時至今日，在某些部落依然盛行。

㈢商賈繁昌

商賈繁昌的祈願多半是商家所許的，但與農民也不是全然沒有關係。大都是希望藉著神的加護而「得到商利」，有時候是希望「物品能夠暢銷」、「希望不會遭受損失」、「希望賒帳能夠收回來」等等，會有詳細的祈願。有應公是有求必應之神，任何階級都會加以信仰，而商人向其祈求生意繁昌也是很自然的事。本來在神佛界，有應公的地位極為低微，但如此一來，反而和百姓比較親近，遂被視為萬能之神而受到崇拜。

民衆相信有應公與城隍爺、關帝爺不同，就算是無理的祈願，也不會受到祂的責罰，因此民衆遂敢向其祈求一些不合理的願望。

不過，商人向有應公祈願生意繁昌，這是合理的要求。

㈣賭博之神

有應公爲賭博之神，是保護無職無賴者的本尊。這也是有應公崇拜中最顯著的事實。蓋凡賭徒都是有應公的信徒，有應公特別受到賭徒的崇拜。在過去，賭徒會在偏僻之處悄悄建一座有應公廟，或是在廟附近開張、經營賭場，而這也是有應公成爲下級神的原因之一。

在賭徒的心裏，非常在乎勝負，因此，不得不求助於神以撫平不安。當然，其對象並不只限於有應公，但是，依情況或境遇的不同，有應公與賭徒有密不可分的關係，絕非偶然形成的。台灣很流行賭博，有應公信仰的殷盛，與此有密切關聯，相信沒有人會反對這種說法。

㈤子孫繁榮

本島一般人習慣向神明祈求子孫繁榮，而向有應公祈求的情形也很多。甚至有人認爲只要向有應公祈願，神就會賜給子嗣。

希望子孫賢明有爲，一代勝過一代，這是人之常情，本島的百姓向神佛祈願，有時只是爲了「子孫」而已。所謂「百子千孫」，這也是祈願的目標，大都重量不重質。當然，不免有粗製濫造之誹。

蓋子孫之繁榮，爲動物本能的欲求，而居然向神佛祈願，希望滿足其欲望，赤裸裸地暴露其現實的執念。從另一方面來分析，可發現祈願子孫繁榮是所有祈願中最重要的一種。也就是說，希望神佛賜予子嗣，並希望出生以後能得到神的保護，無災無病過一生。此外，還有祈求合家平安或合境（主要是指宅地）平安的。雖說這是祈願全家平安、無病息災，但也可當作是子孫繁榮的間接祈願。

其他像病魔的驅散、疾病的痊癒、商賈的繁榮、家畜的興旺等等祈願，依看法的不同，也可以說是子孫繁榮的間接祈願。

這種祈願之所以出現，主要是因爲子孫繁榮，祖先祭祀的習俗也得以綿延不絕，而能夠建構一支強大的家族，以求往後生活的安全。由這些想法也可以反映出以往分類械鬥的可怕。

㈥有求必應

有應公如字義所示，爲萬能之神。台灣舊習中，大都將神佛視爲萬能之神而加以崇拜，而有應公正爲其中代表。

所以，有應公崇拜可說是台灣民間信仰中色彩最濃厚的一種，而其信仰內容最能表現出信仰者的性情。當然，有些有應公信徒會說：「盡人事而聽天命囉！」其實，那是自己騙自己。總之，對有應公的祈願內容分作色、財、運、慾等各方面，都是非常現實的願望，完全不理會其不合社會的倫理性與合理性。

七、有應公與鬼神

台灣的習俗，將無名的死靈稱作鬼怪（厲鬼，或稱鬼神）。鬼神飢餓了一定會攻擊人，或附在人身上，加諸種種危害。人的疾病大都是鬼怪所爲，因此，生病時必須求助於卜卦、巫覡或乩童，以做判斷。如果確定是鬼怪作祟，那就要趕快準備菜飯（豬肉一片、蛋一個、豆腐干一塊、飯一碗、菜湯一碗），放在竹籠上，供於屋外，焚香、燒銀紙祭鬼，稱之爲送鬼仔或謝鬼仔。

鬼聞到菜飯香，吃飽以後就會脫離病人的身體。若有人不小心撞見了，認爲不吉利，於是就會丟擲小石頭或吐口水才通過。這是因爲迷信遇見他人祭鬼時，如果從旁走過，鬼就會附在行人身上，加諸危害。謝鬼仔便是謝絕鬼神，由其作祟中逃離的意思。論語曰：「敬鬼神而遠之」，即是最佳佐證。這種鬼神是相當可怕的，所以敬而遠之是最好的，那麼，平常就多祭祀，讓祂們吃得飽飽的。

其次，舊慣信仰認為鬼即歸，人死了以後都會變成鬼，換言之，人類是肉體與靈魂的結合體，擁有三魂七魄才能夠生存。而死亡則是肉體與靈魂分離了，七魄與肉體一起分開，只有三魂成為鬼而活在陰間。鬼有鬼的世界，尋求各自的安居之所，若能得到子孫的祭祀，得到牌位，則是神的存在；否則，無緣的靈魂成為厲鬼，或無祀的餓鬼。而厲鬼會危害人畜，因此，陽間的人必須經常加以祭祀，如果蒙受了災害，則必須進行謝禳。

即使時至今日，民間仍流傳著鬼在暗夜或雨夜，會出現在墓地、河畔、橋樑，乃至樹下的說法，而其服裝、姿態則是死亡當時的樣子。此外，不只夜間，甚至連白天都會出現。尤其是七月的時候，無緣鬼會從陰間湧入陽間，在人間興風作浪，因此，在這一個月內，家家戶戶都要在門前供菜飯、焚香、燒金紙，供養這些鬼。稱為「拜孤魂」或「敬好兄弟」。

此外，也會在寺廟進行普渡（施餓鬼，一般稱作中元）。認為一旦餓鬼吃飽之後，就不會加害於人了。

鬼也分很多種。依照死亡的方法加以命名的有：無頭鬼（被斬首之人）、吊頭鬼（又稱吊死鬼）、水鬼（溺死的人）、枉死鬼（橫死的人）；還有，依死亡時的境遇，可分客死鬼（客死他鄉者）、乞食鬼（乞丐）、無祀鬼（好兄弟）、少男不合鬼（未婚男子）、少女鬼

（未婚女子）、無厝家鬼（無家者）等等。更可依其形相而分矮仔鬼（較矮者）、竹篙鬼（較高者）、布袋鬼（較胖者）等。大都是以死亡當時的身分、狀態、形相、境遇來區分爲哪種鬼。

此外，鬼依性質又可分作善鬼、惡鬼、忠鬼、孝鬼、仁鬼、義鬼等等，而其相互之間也會打鬥爭吵。舉一個例子。

鍾馗在唐玄宗時，因爲殿試落第，頭撞到樓梯而致死。後來，玄宗病中作夢，夢見一小鬼盜去其玉笛，又有一大鬼出現，捉住小鬼，加以擊殺，挖其眼珠來吃。玄宗問其何人也，答曰：「臣是終南山進士鍾馗。」於是，玄宗賜與袍帶，鄭重也予以埋葬，其病亦不藥而癒。

關於鍾馗的故事，相信大家都耳熟能詳。如前面說的，鬼有很多種，因此，一般比較迷信的百姓一種見怪事，就說：「見鬼了——」

像水鬼，有人說那是溺死者的亡靈，時常發出哭聲，加以祭祀之後，哭聲就停了。但其靈魂依然困在水中，不得轉生，因此時常想找個替死鬼，以便再生。

另外，像有應公，其實也是一種鬼。根據舊慣信仰，有應公是屬於無系統的雜神之類，不屬於儒、佛、道的任一教派，完全是民間信仰的產物，而且最具代表性。依宗教學觀點而言，這是一種靈魂崇拜，因而給予精靈幽魂的特定稱呼。

八、有應公對策

如前所述，有應公是靈魂崇拜的一種。廟祀無緣的靈魂，亦即厲鬼，並將其當成信仰的對象。然而，百姓仰此等靈魂的鼻息過活，可說是民智迷惘所造成的，實在是令人無法苟同。

針對疾病而言，必須找出病因，在預防上要做正當的處置才行，但是一般人卻仰賴神助，這種迷信實不足取。另外，商賈的繁昌、家畜的興旺等等，必須靠人爲的努力。儘管如此，仍有很多人不努力，妄想藉神佛之力而得到幸福，這眞是本末倒置的作爲。甚至有人「希望賭博獲勝」、「希望能與情夫（情婦）結合」、「希望壞事不要敗露」、「希望自己憎恨的對手病死或遭遇災厄」……這些祈願令人難以忍受，由此就可了解，信仰者不合理的祈願是多麼可怖！

有應公可以說是一種淫祠，是不正當、不值得祭祀的神靈。其信仰不合理、非倫理性，而又沒有因果。如果有應公眞的能滿足人們貪婪無厭的願望，或者調伏善人、庇護惡人，讓惡事遂行的話，我們的社會生活就會從根本受到破壞。這種不合理的信仰，也會導致宗教的破滅，非倫理的信仰會破壞社會的善良風俗，沒因果的信仰會使社會墮落，否定人類的努力，無視於進化的法則。

如前所言，有應公崇拜係起源於官府利用迷信的觀念來處理枯骨所造成的。而枯骨的存在，是由於土葬習慣使然。因此要打破有關有應公的迷信，必先除去其原因，根本之道還是要打破本島土葬的習慣。當然，土葬的習俗也是來自於信仰，除了土葬之外，還有改葬、金葬（骨葬）等等的作法。此外，還與風水說有關，使得風水師、地理師跳樑，胡亂找尋所謂的龍脈、風穴，浪費大量的人力、物資，弊端百出。舊慣陋習若無法改正，便會妨礙文化的進展，因此，我認爲土葬宜立刻廢止，而以火葬取代，這不單只是個簡便的主張，火葬的好處非常多，甚至在衞生、風化，乃至宗教上，都有極大意義。

此外，對於有應公的迷信，應該致力於信仰的合理化才能使其消失，也就是說，應該鼓吹良善的宗教。當然，這必須依賴教育的力量，尤其是宗教教育的力量，是燒去迷信原野的烽火，迷信的殷盛可說是宗教教育不徹底所造成的。

最後是現存的數千間有應公廟，應該立刻廢廟。無緣的枯骨不要再使其成爲有應公，或是作爲崇拜的對象，應該火葬，然後將骨灰收在納骨塔中，定期憑弔。在這一點上，直接、間接都必須依賴與教化教育有關的指導者努力才行，尤其是有應公廟的廢除，勢在必行，可說是寺廟整理事務中的當務之急。

理想的納骨塔

（大溪街　齋明堂附屬納骨塔）

建於景觀絕佳之地，具有奉祀追遠的目的，並沒有任何迷信陋習。在台灣的迷信陋習之中，多半來自固執土葬的習俗，風水崇拜，就是個中代表。現在的移葬、改葬等，也是來自迷信的陋習，宜禁土葬，獎勵火葬，創建納骨堂以祭祀，這才是打破迷信陋習的政策。

福壽山靈光塔（中和堂附屬納骨塔）

在中和堂右側岩下，爲一雄大的納骨塔。一般貧困者可以免費納骨。昔日的主管心源師，曾任台北中學宿舍舍監，觀音禪堂主、佛教青年會理事等要職。曾前往內地視察各府縣的佛教，歸台後，從事布教傳道之務，爲持戒堅固的模範宗教家。

七寶塔（台中寶覺寺）

爲七層高的寶塔，又稱七寶塔或七層寶塔，爲納骨而建造。除了實用之外，外觀美麗，堪稱匠心獨運之傑作。近來，各地的佛寺也都逐漸建造納骨塔，可說是順應時代的潮流。

佛教中和堂(北投)

在舊北投車站東南方山地開墾建堂宇，土地高燥，可眺望北投町及淡水河，亦可眺望台北市街、新莊、海山地方的田園山岳，景觀頗佳。民國十九年爲了藥師如來信仰者參訪之便，由孫保成、王頭，葉榮田、葉榮申等人發起共同出資興建。目前爲北投的名勝之一。

王爺公崇拜

一、何謂王爺？

台灣所稱的王爺神，數目相當多，要了解每一位神明的眞相與來歷，是相當困難的。現在舊慣寺廟中，祭祀的主神最多見的當推土地公，其次是王爺。此外，在台灣多數的寺廟中，王爺廟約佔了五〇〇間，由此可知，在台灣對於王爺的崇拜，曾經有過鼎盛時期。

出現於舊慣信仰中的神佛，大都是自然神、人類神，或想像的神，長久下來成爲民間信仰的對象。其中也有一些不是很容易就能區別眞僞，了解其眞相的神佛。像王爺，雖得到廣大百姓的信仰，但是，關於其故事來歷，卻完全不知。筆者對全島約五百座的王爺廟進行調查紀錄時，曾就其沿革、靈驗加以考證，尤其是關於王爺的由來，更是特別注意。結果是，有關於王爺的傳說共分成幾種，而更令人驚訝的是，現在崇拜的王爺都是屬於靈魂崇拜系統的神，這眞是一大收穫。

王爺是人魂，是幽鬼，特別好的人魂或怪異的靈魂，經常被祭祀。這也可以說是一種偉靈崇拜的現象，然有時又不是如此。雖然王爺具有神的資格，卻沒有宗教或政治上的根據，到底是哪些人，在什麼樣的情況下會被當成王爺祭祀，也沒有一定的限制，因而產生了無數的王爺。

每一位王爺都擁有不同的姓氏，但也有幾位同姓的王爺。此外，王爺亦稱千歲爺、府千歲、代天巡狩等，所以該怎麼解釋「王爺」，實在沒有一定的定論。事實上，關於「王」字，自古就有各種不同的解釋。例如，一國之君主，或以德統一天下者，或以霸制天下者，或是人臣中爵位最高者，偉大之人，或對尊長者的敬稱，都可用王字。而王爺的王在此等字義中，到底屬於何種，實在是一大疑問。

事實上，由以下所述各位就可以知道，這裏所指的王爺，既不是一國之君主，也不是以德統一天下者，更非霸主，若說是人臣的最高爵位者，卻無支持這種說法的文獻可考。有人說王爺是尊長者的敬稱，而對著死去的祖父稱王，對父親稱爺，所以，王爺應是對於死者的尊稱。因此，我認爲王爺應該是人魂，又具有優秀的人格（這是屬於非客觀性的看法），或對宗教的特定死者、偉人的稱呼。這種說法較爲妥當。

根據「台灣宗教調查報告書」所載，列舉了一百三十二種王爺名稱，其中，在本島寺廟較多被祭祀的是朱、池、李、吳、陳、張、林、劉、刑、蘇、雷、何、高、萬、沈、趙、倪、潘、郭、謝、楊、邱、康、范、余、溫、周、梁、黃、魏等，其中又以朱、池、李三王爺爲最多。

而言些王爺通常不是單獨祭祀在廟中，多半以複數，即兩、三體或七、八體同祀於一廟。因此，其廟名也可能命名爲二王爺廟、三王爺廟，或五王廟、七王廟等。二王爺主要是指朱、池、李、蕭、吳、陳這六姓中的兩姓，而三王爺則是指朱、池、李、蕭、吳、陳、潘、刑、郭、沈、何、金、蘇這十三姓中的三姓，三體合一加以祭祀。再者，王爺本來不是邪神，但被乩童利用，成爲台灣迷信當中極惡劣的一種，這點各位要特別留意。

二、王爺的傳說

在台灣，對於王爺的崇拜相當廣泛，但對其由來則不甚清楚。一體王爺的傳說到底始於何時呢？有人說傳自漢朝，也有人說始於明、清。在台灣，從清朝開始，傳下來的二、三王爺都是來自大陸。關於王爺的故事，正史或古老文獻都沒有記載，僅在近代小說中略有談及，不管在哪裏，都只是依承民間的一種臆說而已。一般流傳下來，是關於三百六十王爺的說法。其由來衆說紛紜，根據我的調查，可分成以下幾種：

第一：王爺是從唐朝時開始祭祀的神。唐高祖李淵深信道士張天師的仙術，對其相當禮遇。為了測試他的仙術，從全國召來進士三百六十人，於地下室演奏樂器，高祖問他：「地下樂為鬼所為嗎？」張答：「人為。」又曰：「地下無人居住，必是妖怪所為。」張說：「若為鬼所為，灌水入地下必無變化，但若人為，則灌水後樂聲立止。」於是，帝曰：「那你何不試試？」張立即灌水入地下，樂聲也立刻停止。但是，不久之後又聽到樂聲。帝說：「又聽到樂聲了，看來一定是鬼吧。」而張答曰：「不是。若有懷疑，那麼我以一刀插入地下，使樂人死去，就不會再聽到樂聲了。」於是，高祖賜赦書一道。天師立刻將刀插入地下，樂聲也馬上停止。可是，樂人也因此全部被斬殺了。高祖相信天師的法力非比尋常，然而，無辜的進士卻悲慘致死。進士因而向閻王投訴，王立刻召高祖審問，並且戒告其暴行。高祖痛改前非，立刻命令玄奘到西天取佛經，並祭祀三百六十進士的靈魂，冠姓，諡號王爺，並命天下人皆要祭祀。

第二：王爺是明朝時的三百六十位進士。明朝時，白蓮教徒與張天師起了法術之爭，有一天，白蓮教徒奏請皇上試張的法術，皇帝於是令三百六十進士進入土倉，並奏樂，用以試張的法術。結果，進士們成為法術的犧牲者。因此，祭祀這些進士的靈魂，後來成為王爺。

第三：明朝有一道士名葉法善，道行頗深，能知過去及未來。當時皇帝為試其才，而讓院中進士三百六十名潛入隧道，吹笙奏樂，然後以種種方式測試，以證其非凡的道行。但進士們卻全被斬殺。後來，進士的亡靈因爲含怨而不斷作祟，皇帝非常同情，乃賜予王爺之號。

第四：王爺爲海神。明朝時，有進士三百六十人在上京途中，因爲颱風而慘遭溺斃。結果，民衆反而視其爲海上安全之神，加以祭祀。

第五、王爺是明朝的進士死去以後，由天帝賜封的。明末有三百六十位進士，因爲清朝換世，但不願受滿人統治，遂集體自殺。其亡靈昇天，玉皇大帝遂賜王爺之封號。

第六：王爺爲三百六十名同科進士，因受誣告而寃死京中大牢，爲了驅散其幽魂，遂勅封爲王。而世人視爲治病之神，冠以姓，加上爺字，稱作王爺。

第七：王爺爲曆日之神。三百六十王爺又稱三百六十進士，是從干支曆日衍生出來的。也就是說，一年三百六十天（舊慣），一天一進士（或王爺），因此，共有三百六十人。當時的進士，並非學位的進士，而是前進之士（或神），因此，用以形容日月的進行而產生王爺的名稱。

關於三百六十王爺的傳說，可謂不勝枚舉，不過，我所探查得知的，大致是以上的說法。

根據第一說，王爺是道法試驗下犧牲的幽魂，接受皇帝的謚號，成為一般民衆祭祀之神；從另一方面來說，也可以當作道教之徒為了宣傳其教而揑造的故事。第二說與第一說大同小異，力證張天師的法術高強，也可以說是道教徒的僞作。第三說與前兩說也是大同小異。第四說指稱王爺是海神，受民衆祭祀，這種根據非常薄弱。第五說不僅有史實，還根據玉皇大帝的迷信而衍生出對王爺的迷信。第六說較接近王爺由來的傳說，但是仍有根據不明之恨。第七說將王爺由無形變成有形，與前述說法完全不同，別出一格。這不單只是是靈魂崇拜或自然崇拜，這種神的觀念可說是相當進步，但也只是一種臆測而已。

關於三百六十王爺的種種傳說，都沒有任何依據，而關於二王爺、三王爺，各個王爺的傳說，有以下的各種說法：

㈠蕭王爺（又稱蕭府王爺），為前漢太傅蕭望之。他在宣帝時，為十一功臣之一，身居朝廷、公平無私，與群臣不合。後來成為太子（元帝）的太傅，當宣帝病危時，將後事託囑於他，望之成為前將軍光祿勳，與史高、周堪共奉遺詔輔政。元帝即位，蕭因曾為師傅，故受到重用。當時，中書宦官弘恭、石顯參與樞機，且與外叔史高合謀，表裏專橫。望之被他們陷害下獄，服毒自盡，後來寃罪平反，勅封王爺，成為三百六十王爺的首領。

㈡池王爺。是池文魁。唐朝進士，也是忠臣，當時的皇帝命令池王爺保護人民，而屢屢顯效，因而廣受民衆崇拜。

㈢邱、吳、溫三王爺。皆是唐朝進士，皆爲忠孝廉節之士，死後成爲王爺神，受人祭祀。

㈣吳三王爺。是吳姓三兄弟，爲漁業之神，受人崇祀。

㈤朱王爺。唐朝李世民之時三百六十王爺之一，在國家非常之際，他爲了皇帝而以身殉國，促使國家興隆。皇帝爲賞其功而授予王的官職，後來爲紀念其忠誠，而追封爲王爺，受人祭祀。

㈥李王爺，爲明朝高州人，是三百六十進士之一，也因張天師而被殺。後人選擇其中的李姓者，當成李王爺來祭祀。

㈦萬王爺。爲頗具義理之神，爲了防止土匪、惡徒的出沒而加以祭祀。

㈧邱王爺。爲邱千灶。鳳山的龍閣寺祭祀的便是邱王爺。

㈨余王爺。叫作余化龍。據說清康熙三十七年，靖海將軍施琅率大軍登陸安平港的鹿耳門時，將一部分將兵駐屯在山子頂庄的舊名大庄，因爲缺乏飲水，施琅命令部將余化龍，到舊名磚仔井的地方挖井。爾後，水源不乏，余化龍駐守當地，剿滅土匪、指導百姓開道路、改良農耕方法，視人民爲兄弟，施行許多德政，後來卻不幸爲土匪殺害，民衆爲歌頌其恩德，酬謝其德政，而將他當成王爺神來祭祀。

從以上關於王爺神的各個傳說當中，起源於後漢時代的王爺是傳說中最早是㈠。其次，認爲王爺是忠臣或進士，因寃死而被當成王爺的有㈠、㈡、㈢，這是許多王爺傳說中共通的說法。㈣的吳三王爺爲三位兄弟，成爲漁業之神受到祭祀，但其由來目前不明。而㈤的王爺字義，也可解釋成人臣的最高官位。㈥王爺具有各姓氏，由人民自行選擇加以祭祀。㈦是表示一般當成神祭祀的王爺通性。㈧是依照怪異的靈驗者而加以祭祀的王爺。㈨與㈧相同，是出自台灣的王爺，施德政、圖民利，死後人民感恩謝德而將其奉爲王爺來祭祀。這種王爺與鄭國聖（鄭成功）和其他人類神的傳說相似。

三、王爺廟的今昔

舊慣寺廟三千七百多間中，王爺廟約佔了五百間，大半是無人的建築物。隨著時代的進步，現在對王爺的信仰逐漸衰退了。此外，昔日經常拾到從對岸飄來的王爺，加以安置後也祭祀一番，信徒衆多，但現在已很少人會去祭祀了，此等廟宇應該視爲廢廟，然而，神明信仰畢竟不曾完全消滅，本來百姓就是爲了滿足現實的欲求而開始崇拜神的，只有在必須祈願或謝禳時，才會來參拜，而神靈若靈驗，香火自然鼎盛。

王爺廟爲了人們能夠朝夕供奉而設置有香牌，係一長一尺五寸、寬四寸五分的板子，上書「朱、池、李」（其他王爺名），其下爲「輪流香燭，周而復始」，另一面寫著「四時吉慶、合衆平安」，在區域內的各戶巡迴供奉，接到香牌的人，在這天晚上及第二天早上，必須燒香、點燭，而且要負責打掃廟宇內外，然後再交給隔壁的人家，不斷循環。這是廟宇創建之初定下的制度，但後來秩序紊亂了，或因不堪其擾而暫時中止或永久廢除。現在還這麼做的，屈指可數。

關於王爺廟的系統，已知不屬於佛教系統，那麼，應該是屬於儒教或道教。不過，依我的看法，王爺廟並不屬於道教系統。其實，它不屬於儒、佛、道教任一系統，應該歸於雜教之屬。

因爲王爺廟的由來，有人將王爺視作守護乞丐的本尊，而關於其傳說，目前不明。根據寺廟的沿革，認爲王爺是苦力的守護神。例如，淡水的王爺廟，百年前由許多苦力所創建，後來就將神當作苦力的守護神而加以崇拜。維持廟宇的一切費用由大家共同負擔，廟宇不但解決了苦力的住宿問題，同時更藉著衆人的捐獻（錢放入竹筒中），將錢借給沒有資本的苦力，在誠信之下互相扶助。

也有人說王爺是航海守護神，這可以說是王爺信仰當中最古老的傳說。例如，淡水的水陸廟，是由船師及當地人協力建成的，故名。關於其由來，說是百年前有一船由中國的興化府莆田縣漂來，船上祭祀著蘇王爺，漂到金包里時，由於當地正流行霍亂，死了很多人，惶惑的居民便跑到船上去向王爺祈願，不久之後，疫病便消滅了。這樣的傳說相當多，不過，據說王爺本來就是航海之神。

王爺廟中經常也祭祀著五營將軍（又稱五營頭或五爺頭），是將鎗身人頭的五神植於四角的木棧上，置於廟宇的一隅，或是神桌的一端。有東南西北中五方，中央的爲中壇元帥，俗稱太子爺。五營在一般寺廟中有祭祀，尤其是王爺廟中，經常可見。據說可避火災，也是護廟之神。王爺與太子爺經常祭祀在同一間寺廟中，據說爲力量強大之神，可驅邪治病，也經常被乩童利用。

昔日，王爺廟必備輦轎（神輿）。爲了驅邪、無病息災的祈願，每年會進行一次到數次的境內巡轎，五營神兵放置在境地，用以守境，彼時王爺崇拜之熱烈，可由巡境的盛況看出，非吾人所能想像。信徒們深信王爺鎭守境土，主管人類的吉凶禍福，深知民衆的私心。因此，王爺經常給予好人福運，給壞人災禍。王爺神通廣大，威力無邊，在消災解禍、驅邪治病上最是靈驗。然而，這一點也被乩童拿來利用，所以說，乩童與王爺的崇拜互爲因果關係，密不可分。

四、王爺與乩童

乩童是對本島民衆的迷信，進行禁厭、祈禱、占候等事，而以此爲生的一種巫覡，主要是在神前進行請神、拂厄、符水禁咒等事。雖然曾加以禁止，但並未滅絕，尤其是與王爺或王爺廟的關係密切，有人便說王爺是守護乩童的本尊，因此，在寺廟或民家祭祀王爺，使得乩童無法滅絕。乩童經常在街庄散佈種種迷信或謠言，滋擾民衆，而且大都是苦力、坑夫、漁夫的兼業，有的甚至無職，大半非專業。此外，乩童也扮演預言者的角色，在人與神之間，針對某種事件，將神的意旨傳達給人知道，甚至依照其平常的修法，可使神附在其身上，以靈語對人們做神祕的啓示，或傳授轉禍避祟之法。因此，乩童告知新造的家屋、墳墓等有無煞神沖犯，或者是幽鬼的障礙，或給藥（處方箋），或探知作祟處的惡鬼妖魔爲何，而行追煞驅邪，修祓禳之法。根據記載，其弊端如下：

信鬼尚巫、蠻猺之習尚存……有為乩童，扶輦蹂躪，妄示方藥，手執刀劍，被髮剖額，以示神靈；有為紅姨，託名女佛，探人隱事，類皆乘間取利，信之者牢不可破。最盛者莫如石碇堡，有符咒殺人者，或幻術而恣淫，或劫財殞命，以符灰雜於煙茗檳榔間食之，罔迷勿覺，顛倒至死，其傳授漸廣，九年夏，其魁陳某被雷震死去。

乩童除了問病、施藥、驅邪之外，在公衆面前也會表演一些技藝。當他人請求爲其治病驅邪時，主要是在王爺廟或請求者家中的王爺神像前進行。如果該人家中並未祭祀王爺，則必須從外面（廟宇或其他人家）請來王爺或太子爺。

首先是問病。乩童在神降臨、附身以後，由病人詢問治病的方法，這時，乩童就會囈語一番，回答病原、病情、醫藥、處方等問題。接著是驅邪。乩童在神附身的狀態下，爲遭逢災厄的人家作法，以劍在空中揮舞，鍋中盛油、點火，繞家中斬殺邪鬼，或將之燒死，稱爲上天庭。天庭指的是天上界，或玉皇大帝主宰的世界。而乩童依照病人的請求，睡在釘床上，假寐中向天帝祈求病人的長生。也可以使用釘椅。其次再說落地府。地府一稱陰府，爲閻羅王管轄之處。乩童代病危者向閻羅王詢問死期，因此，要仰臥在地上，好像睡眠的狀態，這是巫覡的一種。紅姨也和乩童一樣，會做類似的行爲，如下所述，在兩百年前的古誌中就已刊載這樣的作法。

又有尋神者，或男或女不等，到家排香燭金楮，其人以紅帕覆首掩面，少頃即作鬼語，若亡魂來附其身而言者，竟日十數次，費數百錢，婦女尤信而好之，此風不可不嚴禁使止也。（彰化縣誌　卷九）

除了上述之外，乩童的所爲、器具、方法還有很多。總之，乩童是在神靈附身的狀態下畫符咒，以驅邪、避祟、治病。這是最普通的作法，也是最簡單的方法。

然而，乩童要在神前作法時，還必須有叫作法官的助手侍立一旁。法官也稱作法師，是乩童的幫手，與乩童一起進行祭神、請神、調營、聽話、看佛字的工作，用禁咒、符水等爲人治病除災。「請神」是執乩扶轎或乩童行法時，蓋頭巾、穿白裙，將五色旗、骨刀、剌球、淨鞭、天罡尺、金鼓等備於桌前，鳴金鼓，唸咒請神降臨的作法。「調營」也要具備與諸神一樣的器具服裝，配合金鼓打擊的調子跳舞，召來神將神兵，並且加以指揮，押收邪鬼惡魔。「聽話」則是聽取乩童說神話時的意思。「看佛字」也稱作豎棹頭，即觀看在桌上所畫的乩字以後，說出其意思來。如求術者詢問關於方位、吉凶、醫方、擇日等問題時，乩童就與法官一起詢問神意。先在神前擺桌，桌上放有墨、硯、黃色紙若干張，在桌前放一張椅子，乩童坐於其上，法官坐在乩童右側。剛開始時乩童凝神靜坐，然後身體就慢慢地自然搖動，繼而全身抖動，站起身來，脫掉上衣，雙手撐在桌上，然後開始說神話或畫神符，再由法官解讀神語、神符。這在南部鄉下很常見，藉此就能夠進行擇日或吉凶、方位的判斷，也可以求取醫方。

其次，乩童必須表演揷五針、剖頭、剌球等技術。主要是在屋內進行，若是繞境的話，則必須在輦轎上、在衆人注視下演出，不過，現在已經很少見得到了。

「插五針」就是乩童拚命將針（長一寸至二、三寸）往自己身上（主要是顏面手腳）插，證明其爲神附身的實體。「剖頭（破頭）」則是乩童用劍弄傷自己的頭部（額頭），使其流血，也是爲了證明神附身的行爲。此外，乩童還會使用莿球，即在木球上釘釘子來傷害身體，表示自己不會感到疼痛，證明有神附身。莿球現仍保存在王爺廟等處。

由此可知，乩童與王爺有密不可分的關係。實際上，守護乩童的本尊也可以說是王爺，這也是乩童頻頻鼓吹王爺信仰的原因。以往，乩童會努力建立許多王爺廟，而爲達其目的，會採取各種手段。經常使用的老套手段就是假稱此爲神意，要百姓建廟祭祀，以此欺騙愚民。

下面介紹幾個例子：

1.淡水街九坎興建宮的王爺，原本是大陸晉江縣的三王府，清同治元年乩童藉口王爺想要出巡到台灣，而要縣民建造神像的分身，然後將分身放在船上，任其在海上漂流。後來漂流到淡水，街民將其迎回，放在廟中加以祭祀。

2.東港郡佳苳庄大武丁的福隆宮，建於清光緒五年。昔日，武丁庄流行牛疫，街民甚爲恐慌，乃請乩童詢問民家所祭祀的王爺，神曰：「此乃天候，不足憂。」又指派藥草讓疫牛服用，過了幾天，牛疫便告消失。在乩童的鼓吹下而建造神廟。

3.岡山郡田寮庄南安的老崑山宮，據說一百七十年前在現廟地曾有燐火出現，數日不退，庄民請乩童問卜，乩童說：「應該祭祀王爺。」因此，在庄民的協議下創建。

4.岡山郡彌陀庄底漯的王爺廟，據說在五十幾年前，孫文化有一頭牛被人偷走，因此請求乩童詢問神明。神說：「被牽到石漯庄去了。」於是朝這個方向去找，結果眞的找到小偷與牛，在乩童的努力之下，不久就建立神廟了。

類似的例子實在很多，由此可知，乩童是如何的利用王爺來中飽私囊，使得王爺的崇拜變得大爲興盛。

五、王爺船

台灣王爺廟的創建沿革，與王爺船有關的超過半數。王爺船是指祭祀王爺的船，分爲木製與紙糊的兩種，紙製的通常長二、三尺，木製的則長二、三丈，乃至七、八丈。都具有帆柱、錨等器具，在椅子上祭祀著王爺像，由道士誦經後，放到海上隨波逐流，或將其燒毀。關於王爺船，澎湖廳誌卷九有這樣的敍述。

各澳皆有大王廟，神各有姓，民間崇奉維謹，甚至造王船、設王醮，其說亦自內地（中國）傳來。內地所造王船，有所謂福料者，堅緻整肅，旗幟皆綢緞，鮮明奪目，有龍林料者，有半木半紙者，造畢或擇日付之一炬，謂之遊天河，或派數人駕船遊海上，謂之遊地河，皆維神所命焉。神各有乩童，或乩筆指示，比比然也。澎地值豐樂之歲，亦造王船，顧不若內地之堅整也，具體而已，聞多以紙為之，然費已不貲矣。

此外，在船上還立有火籤、木硯其他「代天巡狩○大人」、「迴避」、「肅靜」等木牌。這個被流放的船，到達漂流地時，可以供奉在寺廟中，或者是再造王爺船，再流放出海，如此輾轉各地而建造許多王爺廟。尤其是大陸泉州，爲了祈禱航海的安全，有每三年便建造王爺船流放海上的習俗。同樣的，在溫州也是三年一次，雕刻王爺像，供奉雜物金穀等，將神船流放到海上。因此，在海岸各地經常可見漂流的王爺船，在本島，沿海各地也存在著王爺廟。

總之，民間的習俗大都將放流的王爺船迎回之後就供奉在廟中，然後再造神像，放在小船上，流放海上，如此一來，神廟便不斷地增建。台灣縣誌外篇對於王爺的由來、形像、祭典、王爺船等，都有記載，由此可知王爺公崇拜的迷信之甚，誣神惑民之鉅了。

開山王廟在東安坊……邑又有稱王公廟、大人廟、三老爺廟者，不知何神……神之姓名事蹟無考……查各坊里社廟，以王公大人稱者甚夥……廟宇大小不一，概號曰代天府，神像俱雄而毅，或黝或赭，或白而皙，詰其姓名，莫有知者，所傳王誕之辰，必推頭家數人，沿門醵資，演戲展祭，每一年即大斂財，延道流設王醮二、三晝夜，謂之送瘟，造木為船，糊紙像，儀仗儼如王者，盛陳優觴，跑進酒食，名為請王，愚民爭投告牒，畢，乃奉各紙像置船中，競賚柴米，凡百器用兵械財寶，以紙或綢為之，無一不具，推船入水，順流揚帆而去，則已，或船泊岸側，則其鄉必更設醮造船以禍，每費累數百金，少亦不下百金，雖窮村僻壤，罔敢吝惜，以為禍福立至，噫此誣神惑民之甚者也。

衆人認爲王爺是受玉皇大帝勅封爲王，奉玉帝之命而到下界視察諸人的善惡，王爺所在之地爲代天府，巡境謂之代天巡狩，很明顯是將其奉爲神格，地位相當崇高。但現在王爺卻成爲萬能之神而受人們祭祀。昔日稱爲「瘟王」，主要是當成惡疫之神來加以祭祀。瘟是熱性諸疫的總稱，台灣多雨多濕，由於自然氣象的關係，種種流行病非常猖獗，是民衆最爲恐慌之事。而疫病的流行，被認爲是瘟神所爲，故須舉行祭典，將瘟神送往他方，這就是王爺船的由來。此外，古誌中也有如下之敍述。

台俗尚王醮，三年一舉，取送瘟之義也。附郭鄉村皆然，境內之人鳩金造木舟，設瘟王三座，紙為之，延道士設醮，或二日夜或三日夜不等，總以末日，盛設筵席演戲，名曰請王，執事儼恪，跪進酒食，既畢，將瘟王置船上，凡百食物器用財寶，無一不具，送船入水，順流揚帆以去。或泊其岸，則其鄉多厲，必更禳之，每一醮動費數百金，省亦近百焉。

（台灣府誌卷十三）

所謂的「醮」，狹義的解釋是道士執法的法要儀式，後來轉用爲一般公衆的祭典。而王醮指的是王爺的祭祀。王爺昔日被視爲惡疫之神，特別加以崇拜。以往本島民衆認爲惡疫的流行，是上天遣疫鬼下凡要病殺惡心惡行者，因此，惡人較多的地方會有惡疫流行。爲了鄉里的平安，或是向天、神明祈請，要供奉豬、羊、牲醴、菜菓等，請道士祈願息災植福，謂之爲醮。而且是「三年一舉」，不論惡疫是否流行，都要舉行。

總之，王醮是禳疫病的祭祀。醮分作一日醮、二日醮、三日醮、五日醮、七日醮五種，依疫病的輕重、經費的多寡來決定執行哪一種醮。七日醮是最大的祭典，誦經鼓樂、吹螺放炮，熱鬧至極。除了王醮之外，還有祭火神的火醮、祭水神的水醮、寺廟落成的慶成醮等。爲了除疫所進行的王醮，夜間必須扛著王爺巡行街庄、點火把，數百人吹奏鼓樂隨行，場面之壯觀，超乎吾人之想像。

此外，鳳山縣誌的風土誌及諸羅縣志卷八，與台灣府誌也有同樣的記載，諸羅縣誌更記載昔日荷蘭人將王爺船誤認爲賊船而加以擊毀，因此受到王爺的疫害，數日不到，便有半數疫死者。

相傳昔有荷蘭人，夜遇船于海岸，疑為賊艘，舉砲攻擊，往來閃爍，至天明望見滿船皆紙糊神像，衆大擊，不數日，疫死過半。

然而，據說神船所到之處，便有疫病流行，這只是因爲習俗所產生的迷信，不足採信。鳳山縣誌也記載「噫，神聰明正直而壹者也，豈有到則爲厲，而更禳之理？且人亦何樂爲不見益己，而務貽禍於人之事耶？」說明其不足爲信。

澎湖廳誌卷五記載王爺船沒有船員，卻能自由出入港灣，而且正確地啓錨、下錨，使得民衆敬畏，而王爺船到來時，也一定會舉行盛大的歡迎祭典，而造船送王是疫厲驅除的古風，目前並未加以禁絕，但是這是一種浪費。

以下的記述相當有趣。

船中虛無一人，自能轉舵入口，下帆下錠，不差分寸，故民間相驚以為神，曰王船至矣。則舉若狂，畏敬特甚，聚衆鳩錢，奉其神於該鄉王廟，建醮演戲，設席祀王，如請客然，以本廟之神為主，頭家皆肅衣冠跪進酒食，祀畢，仍送之遊海，或即焚化，亦維神所命云。竊謂造船送王，亦古者逐疫之意，使游魂滯魄，有所依歸，而不為厲也，南人尚鬼，積習相沿，故此風特甚，亦聖所不盡禁，然費用未免過奢，則在當局者之善於樽節已。

其次爲各位列舉王爺船到達時的建廟例。

基隆市社寮町王爺廟建於光緒二十二年，是光緒八年大陸的王爺船漂流到社寮島港內時，由當地人接回，進行廟祀，據說服用病人祈禱的上法水，就能使病痊癒，故而建廟。

基隆郡金山庄水尾的王爺公廟，光緒三十一年創建。據說王爺公是從基隆仙洞的王爺廟流放出來的，漂至此地後，被迎回廟祀。

基隆萬里庄港口重威宮的由來，據說道光三十六年有三尊王爺漂來，當地人因為聽聞漂著的地方一定要祭祀王爺，所以，就依習慣將其迎回進行廟祀。

竹南群後龍庄外埔的合興宮建於光緒七年，據說有一艘來自大陸泉州的船漂流到此，因為能够達成許多願望，所以信仰者極多，並建廟祭祀。此後，又有兩度王爺船漂來，信徒咸認王爺顯威靈。目前，同廟現有三十六尊王爺。

王爺船被視作神船，有小型的，也有大型的，大型的船兩舷畫有十二支，艫部畫龍虎鳳凰等，艫的中央有內殿，船的中央有前殿，除了池、金、刑、雷、狄、韓、章等王爺之外，還有媽祖等之小像。小型者另備小艇兩艘及錨、櫂、帆、繩等其他用具，炊事工具亦齊備，船體用黑白丹青裝飾。現在祭祀王爺船的廟以南部、北部沿海地區較多，主要是爲了祈求海上航行平安而加以祭祀、崇拜。

六、奇蹟與祈願

過去，王爺被當作守護航海安全之神，故船員多加以崇祀，而今，王爺則被視作驅邪、治病最靈驗的神，受到一般民衆的崇拜。由於人們認爲只要祈願，必有應報，因此，對神一向依供物、點燭、燒香、祈願、擲筊、燒金、放炮等順序來執行祭儀，只要虔誠祈願，神便會嘉納、冥助、轉禍爲福，治療千難萬病。此外，也可藉著籤詩了解神意，因此要擲筊。籤詩種類極多，而王爺廟的籤詩因與二十八宿有關，所以使用二十八張。

擲筊又稱神筊或聖筊，將芋形的竹根或木材分成二片，擲下以後，看兩面是否相合，即知神意。若爲兩個平面，表示「無可無不可」，必須再考慮；若都是凸面，表示凶惡或不可；若爲一平一凸，表示最佳。擲三次神筊，藉此決定神意。通常，平凸面如果連續出現三次，即表示非常好。但是，要連續三次出現平凸面，是很難的事，因此，欲知神意通常要花上一段時間。

此外，因爲奇蹟或靈驗而使得神明受到崇拜的同時，在本島的王爺廟，大多是由於王爺神的奇蹟靈驗而維持、創建的。以下爲各位舉幾個例子：

1. 台北市八甲町的金門館是距今一百二十年前，艋舺萬安街的王姓祖先從中國泉州府同安縣金門的官一堂請出蘇王爺，渡海來台，祭祀於民家。在王爺誕辰（四月二十二日）的前一天，王爺變成人形，出現在街頭購買翌日祭典所需的物品，結果商人所收到的金錢都變成金銀紙，據說這就是神靈驗的證據。因此，附近的人群起騷動，遂建廟祭祀。

2.新莊街茄冬脚保元宮的由來，據說是昔日有一艘船漂流到了興直保新溫庄。庄民看到船中祭祀著王爺，希望能得到祂的庇護，結果眞的靈驗了，於是就建廟祭祀。後來洪水氾濫，該神像乘在樹葉上，溯浪來到現廟地。街民看到這情景，認為神溯水而來，必有旨意，遂建保元宮加以祭祀。

3.新竹市南門町池王爺宮的神，原本是來自大陸某戶人家的王爺，因為靈驗顯著，能夠庇護庄民，因此，庄民前往祈願，並建廟祭祀。

4.鳳山林園庄王公廟的廣應廟創建於乾隆五十五年。其由來是龔姓祖先在渡台時，帶來在故山的守護神—王公的分身（香火），有一天，在通過現廟地時，忽然想要上廁所，於是，將香火掛在樹枝上，上完廁所卻忘了帶走。後來，庄民每天晚上都看到樹上有發出亮光東西，認為這是王公在顯現威靈，於是建廟崇拜。

七、王爺公是邪神

如前記述的，王爺主要是掌管驅邪、治病之神，受人崇拜。而當成航海之神祭祀時，大致上也有這方面的作用。如今，王爺是強神，具有偉大的力量。本島的習俗，認爲王爺是可怕之神，相反的卻加以崇拜，非常矛盾。王爺和其信徒的日常生活關係非常密切。王爺主要是保護民衆之神，但有時祂不高興也會遭到危害，因此，除了信仰之外，另一方面也會害怕。

王爺信仰與海（水）有關。是最古老的，也是最具起源性的信仰。根據台灣文獻記載，王爺是水仙，亦即守護海上安全之神。由於具有神的特性，因此，很早就被乩童利用爲驅邪治病之神，甚至逐漸變爲萬能之神。民衆一向認爲只要向王爺祈願，避病得福，或是賭博必贏，免於惡行外露等，皆可靈驗。這是妄信，隨著文化的演進，生病就依賴醫藥，福運須靠自己努力，百姓逐漸覺醒，因此，信仰者日漸減少。

一般而言，迷信是廟宇改建、再建、創建時，或是神的靈驗顯現時，很自然的就會成爲人心的一種信仰，而參拜者也會增多。不過，隨著文化的進展以及人智的開發，信仰逐漸改變了。尤其在台灣，警察的取締非常嚴格，乩童自然而然就銷聲匿跡，也不再使用爐丹了。另一方面，在改良風俗、打破陋習的呼籲中，台灣迷信急遽的消滅也是顯著的事實。

關於王爺的由來，還有一種說法。據說唐朝時有五位進士，在面臨考試之際，突然遇到幾位瘟神正在密議幾月幾日要在井裏投毒，使疫癘流行，讓百姓痛苦。五位進士聞言大驚，便想犧牲自己來解救人們免於災難，於是，在向天祈禱後投身毒井。以此來防止人們飲用井水，也就防止了疫癘的流行。這五個人的靈魂升天以後，就成爲王爺神。後來，世人將神船流放河海，主要就是爲了送走疫癘。那麼，王爺到底是什麼呢？根據我這麼久以來的調查，還沒有辦法找出其眞相。總之，王爺的由來，衆說紛紜，要探究其眞相是很困難的。而對這個眞相未明的神加以崇拜，實在是矛盾的事。但是，信仰者對於神的由來，似乎不認爲有什麼大的干係。他們根本不論神格爲何，只要靈驗，就會加以參拜祈禱；如果不靈驗，就會覺得被神所放棄，完全無視於神格的存在。在這一點上，宗教的教義教理，似乎不再是信仰上的必要條件了，因此，宗教家才會被忽略。這所謂盲目的崇拜，是一種利己主義的信仰，是現實的功利主義的宗教。

舊慣宗教的信徒大都相信奇蹟，尤其是王爺的信徒，更是如此。甚至傳說王爺會變化爲人身，與人接觸，對人預言，加以警告或命令，這些都被視爲是奇蹟。而信仰者認爲奇蹟愈大愈靈驗，因此，熱烈的加以崇拜。竟將神與人視爲同格，以爲神也有起居飲食的作息，和人一樣擁有物慾，會在各方面有形、無形的出沒，這是宗教的墮落，是邪教的思想。我認爲邪教對於人心會造成惡劣的影響，台灣的王爺公崇拜與前面所說的有應公崇拜，是一脈相通的。

育兒與迷信陋習

一、人生的理想與動物的本能

愛孩子是父愛、母愛的表現，也可以說是動物的本能，另一方面，也是人生理想的實現之一。人生最終目標便是達到眞、善、美、聖，但這理想著實不易實現，於是，便把各自的體驗傳給子孫，而子女便是最直接的傳承者，所以特別愛護。再者，兒童純眞無垢，在複雜的人世是一大安慰，因此，也特別疼愛。

所謂「父母之情，愛子之心，無所不至」，由此可知愛子之心的熾烈。然而過度便成了溺愛，本土的愛兒迷信便屬於此類。

事實上，懷胎十月中便有許多的迷信陋習。

人本能上會將物品納爲私有，而孩子便是所能擁有的最私人物品，所以，大都希望多子多孫。

沒有子嗣的夫婦會向神祈求，希望賜予孩子（尤其是男孩）。如果因而得子，便認為是神明護佑，就要答謝神恩，備油飯、雞湯分享親友，而孩子因來自神賜，所以名字大都是取天佑、天賜、神助、天送、天成、神佑之類。

其次，關於姙娠方面，也有各種習俗，例如，孕婦在室內的物品（尤其是放在一定地方的東西），不可任意移動，也不可以打破東西，更不可以挖掘動土。姙娠中忌諱移動室內的器具，是因為器具有胎神住宿其中，一旦移動，會觸怒神靈，受其作祟。如果不得已非動不可，還要請道士來做法，貼安胎符，方可移動。否則好不容易孕育的子女，可能會死去或遭逢不幸。

其次，孕婦不可看戲，尤其是傀儡劇，否則，就會生下無骨的孩子。看戲時若笑出來，胎兒會遭遇不幸。夜晚不可外出，不可接近不好的東西，不要碰觸棺材。有許多必須遵守的習俗，而且罕見，如孕婦不可牽牛、不可踩繩，否則，過了十個月，胎兒還是生不出來；在日落前，孕婦一定要把晒在外面的衣服收到屋內，如果放在屋外，恐怕胎兒會死掉。像這些習俗，堪稱是迷信。

難產時認為是胎神作祟，因此，要請道士來施行「催生」術，此外，也要向天（玉皇大帝）祈禱「救苦救難」，以祈安產；或是家人在屋外，用鋤頭頻頻搥地，便能安產。

死於懷孕或生產的婦女，入地獄後會被投入血池，飽受種種痛苦，然而，因愛子心切，縱使已死，也要加以保護。昔日有個賣餅的人，每天晚上在算帳時，一定會有紙錢夾雜其中，於是他仔細觀察，發現是一個婦人給他的。有一天他便尾隨那婦人，走著走著走到一座墳墓前，那婦人突然消失了。於是，他便挖開墳墓，發現棺中有副白骨，而白骨旁竟有一啼哭的嬰孩，他就抱回去養育，結果一直活到八十歲。

二、產前產後的迷信

傳統重男輕女，因此，大部分家庭都希望生男孩。由於這種殷切的盼望，便產生了一定要生男孩的意念，有關的迷信便應運而生。紅姨巫術之一的換斗，便是藉著巫術改變胎兒的性別。假設胎兒是女性，便得聘請紅姨（巫女）施術，將胎兒變作男嬰；若胎兒為男，而想要生女娃，也可依術改變性別。不過，大部分是家中已有很多男孩，想要一個女孩時，才會進行這項巫術，一般人還是希望一舉得男。

今日由於醫學的進步，因此，生產的危險性已大大減輕，但是，昔日醫藥不發達，經常發生慘事。於是，便衍生出許多弊風陋習，時至今日，這些迷信陋習雖然淡薄了，但並未完全消失，或多或少仍流傳於民間。像產褥的問題，認為讓產婦喝嬰兒（或小兒）的尿，就能痊癒；或把小孩的尿與酒混合，讓產婦喝下，精神變得興奮，便不會生其他的病了。現在，喝小便的情況已不多見，但是，在產前產後嚼人參依然盛行。小便有無藥用價値，我不敢輕言，但是，與其說是一種迷信，倒不如說是當時流行的一種風氣。

產後胎盤（俗稱胞衣）是不需要的廢物，因此，只要處理掉就好了。但是，本土的習俗卻認爲不可以任意丟棄，不能遇火氣，不可被動物吃掉，若被吃掉，孩子會生病；若遇火氣，孩子他日可能慘遭火災，所以，胞衣要仔細收好，放在瓶中，埋進土裏，或用石頭綁著，丟入水中。產兒的臍帶則必須愼重保存下來，據說這樣可除魔，孩子長大以後，也敢大膽地與他人競爭。

孩子出生之後，在一個禮拜之內，必須請算命仙或卜卦師算八字（小孩出生時的年月日時辰的干支），判斷將來的運勢。當然，因此而產生各種悲喜，也是容易預見的。

剛出生的嬰兒每天要進行溫浴，尤其是第三天和第二十四天（或第三十天，滿月那天），要進行沐浴的各種儀式。要將圓的小石頭丟在浴桶中，然後以此摩擦嬰兒的身體，尤其是頭部，據說如此便可擁有好的因緣際會。而用石頭摩擦頭部，可使兒童的頭堅硬，另外，還有「石頭作膽」的意思，意喻將來有膽識。

此外，第三天到第十二天或是滿月，或者是到四個月之前，嬰兒的手腕、袖子要用線綁住，否則，將來可能胡作非為，或偷竊物品。

第二十四天要剃掉胎毛。這天也可視作滿月，進行慶祝儀式。在第二十四天進行，是因為有二十四孝的故事，認為這樣孩子將來才會孝順，成為好孩子。剃胎毛的儀式，必須用到雞蛋或鴨蛋。雞蛋的形狀，一邊較尖，一邊橢圓，顏色又很美麗，希望孩子的頭形將來像雞蛋一樣，臉色也白皙光嫩。而鴨蛋的形狀則細長又美麗，也是希望人體修長。「雞蛋面、鴨蛋身」正是這種習俗。

剃了胎毛以後要洗澡，這時，將蒸熟的雞蛋與鴨蛋各一枚丟入浴桶中。之後，將雞蛋剝開，用蛋黃摩擦嬰兒的頭，在清洗身體時，要唸著「雞蛋面、鴨蛋身。好親戚，來相配」，以祝福孩子的前途，希望孩子將來得遇好的配偶。

出生不到一個月的嬰兒，便希望他趕快長大、成家，可能是想早點抱孫子吧！這是早婚習俗的例子。此外，本土的婚配大都是媒妁之言，父母之命，甚至不是兒子娶妻，而是父母在娶媳婦。結婚成為得到子孫的手段，無視於孩子的意志，甚至犧牲了孩子，而父母還認為這是愛子的表現。因此才有「父母心，子不知」的感歎，但是，這不也是「子之心，父母不知」的表現嗎？

三、愛護兒童的變態心理

嬰兒出生的第三天及滿月這一天，要祭床母（保護嬰兒的神），以後，每個月兩次，主要是在初一、十五祭祀，目的在祈求孩子平安。產婦一個月內不可外出，或到寺廟參拜，因為身體骯髒。而在命名時，由於是神所賜的子嗣，因此，會採用前述的名字。或者是為了驅魔，而故意取一些不好聽的名字，這樣妖魔便不會奪去愛兒，也是為了容易養育之故。像雞屎、牛屎、豬屎、罔市、乞食、和尙、羅漢、阿呆、戇、查某等等不雅的名字。此外，一些體質虛弱，深怕養不活的孩子也會故意取惡名，雖說出發點是愛孩子，但卻是一種變態心理的表現。

其次，不到四個月大不可以吃肉，否則身上會長腫包，吃鴨蛋口會臭，故也禁食；不到一歲的孩子，吃茄子長蛀牙等等，這些都是沒有根據的說法。

其次，揹著嬰兒過河或是過橋時，要呼叫嬰兒的名字，不如此的話，孩子會受驚嚇或是遇到病災，因此在過橋時會唸「過橋過命蝦公配飯」，話語雖簡單，意義卻深遠。當小孩受到驚嚇時，會拉拉他的耳朶或拍拍胸脯，然後口中唸道：「膽膽大做老公大」，或說「無驚，無大事，牽耳食百二，驚狗無驚嬰，驚，耳仔尾璃璃去」，這些話看似安慰嬰兒，實際上卻是爲了防孩子的魂魄飛散，或將飛散的魂魄叫住的作法。

此外，若孩子發育不良，或是連生九個孩子，都不知原因的夭折，那表示風水不佳，或有破壞之虞，因此，要遷移風水或改造。

此外，如果要丟棄孩子，根據本土的風俗，得將金錢、寫著生辰八字的紙都放在孩子身邊，再吊在樹枝上。金錢是要送給拾得者的，如果拾主拿了錢，卻置嬰孩於不顧，是會受到神罰的。此外，吊在樹上是爲了預防猫、狗的傷害，而且，也是希望喚起拾主的慈悲心。

四、運勢與心靈保護

孩子出生以後，會將八字拿給算命仙、卜卦師占卜，希望藉此早點知道孩子的運勢。術士爲了圖利，會採用陰陽說、五行說等各種說法，胡說八道一番，甚至說父母的八字與孩子的八字有密切關係。有時，生下了好八字的孩子，就說親子間的陰陽五行不合，會相剋，可能父母會遭災殃或孩子會夭折，因此，形式上要將出生的孩子過給他人當契子（義子）。若是過給兄弟、朋友當子女時，單是口頭約定即可；若過給乞丐，則須給錢得到其承諾之後，再將乞丐的生意用具（乞食用的手提籃中的小袋子）拿回來，掛在孩子脖子上。如果要當神佛的契子，則要求得香火（護身符）帶在身上，每年換新。這是因爲孩子運勢不平均，如果八字太好了，要當乞丐的兒子；八字不好，則當神佛之子，以求其均衡，這樣子，孩子才會無病息災。

還有一些難以養育的孩子也會當成他人的契子，或是在小孩的耳朵上穿耳洞，然後再綁上紅線或鐵線。到底是何緣故，我也不明白，但是，當時有很多男孩都穿耳洞，有的還戴著耳環。

在嬰兒周歲時，除了舉行慶祝的儀式之外，還要將十二種物品放在籃子裏，讓孩子從中抓取一樣，如此便可試出他未來的前途。這十二項包括：筆、墨、畫、豬肉、雞肉、雞腳、算盤、秤、銀、蔥、布、田土等，以其最先抓取的物品來判斷其命運。如果拿的是文具類，有可能成爲學者、文人；拿的是肉類，則會成爲大食者而能夠保有健康；如果拿了銀子，則以後會是有錢人；如果拿商品，有可能會成爲商人；抓到田土或蔥的話，則會成爲農夫。

其次，當孩童受到了驚嚇，要請巫覡或先生媽（本土的產婆）來收驚。方法是先生媽用左右手將少量的米粒抓起放入兒童所穿的衣物當中，各十二次，然後再對著人形唸咒，連呼「○○回來哟、回來哟……」最後再擲筊，詢問是否已達到收驚的目的。收驚就是要喚回兒童的魂魄。當被火車的汽笛聲驚嚇到時，可以討其蒸餾水來讓孩子喝下，或是讓孩子去咬火車的某處。此外，如果被人驚嚇到時，則要那人的鈕釦或衣物的一小塊帶在身上。

每個人都有靈魂，因驚嚇而昏倒時，就要進行收魂，也稱爲搶神（奪回神魂）。兒童在遊玩中，如果突然昏倒，就是觸怒了鬼神，魂魄遭其奪去，因此，要祈請道士來作法，將魂魄從鬼神那兒奪回來。此外，當孩童自較高處跌下來昏倒時，則必須將鹽和米撒在其處，要撒十二次，據說這樣能收回兒童的十二條心魂，而撒米鹽則是爲了驅邪。

其次，孩童胸前經常掛著護身符。大都爲香火，以銀、錫作錠型，附上鎖，掛在脖子上。這樣兒童的生命就會被線或錠止住，不會被邪魔奪走。

五、兒童的動靜與迷信

其次是關於兒童日常生活中的迷信。聽說城隍爺的使神七爺（謝將軍＝謝必安）、八爺（范將軍＝范無救），據說是兒童的好玩伴。兩人經常化身爲兒童，加入來廟遊玩的兒童群中，或跳或跑或嬉戲，有時被兒童追趕，跑進廟內就消失了踪影。

再者，若讓孩童吃雞腳，日後就會手發抖而無法書寫，或說「食雞腳、利破書」，意思是說會撕破書，無法擁有學問。還有，如果吃了魚卵，數學會不好；這是因爲雞腳尖尖，魚卵數不清楚的卑微道理所產生出來的錯誤想法。還有，若拿尺打孩子，兒童就無法成長，或是在過年時打兒童的頭，頭會禿。這些都是從愛護兒童的心理發展出來的迷信。

再者，若在孩子面前用壞話來說猴子的話，第二個孩子生下來會很像猴子；女孩子若爬樹摘花，以後就沒有辦法生育，因此，不可以爬樹。還有，兒童不可以用手指月亮。用手指指月亮，耳朵會被切掉；也不可以數星星，否則會長疥癬，或者沒數完時，會變成啞吧，這都是來自於對自然的崇拜，也就是將月亮和星星都當成信仰的對象。

嬰兒吹唾液泡泡時，如果是男孩子，會颱風；若為女娃兒則會下雨。孩子在過年時啼哭，表示不吉利；女孩子若吃雞血的話，嫁人時臉會發紅。眼皮頻頻跳動，表示將有事情發生，所謂「左跳打、右跳食」，意謂左眼皮跳會被打，右眼皮跳則會有好事發生。此外，熟睡中的兒童位置如果向上方移動，表示米價會上漲；若向下方移動，則米價會下跌等等，都是來自經驗的說法。還有人說「死狗放水流，死猫吊樹頭」，死去的猫若不吊在樹枝上，會對嬰兒作祟。

兒童到了十六歲時，要到廟裏參拜註生娘娘（送子神），供奉牲醴香燭等向神表示感謝。因為兒童都是娘娘賜予的，在其庇護下成長，到了十六歲的成丁期，才能夠脫離其庇護，稱之為出姊母宮。此外，臨水夫人也被當成送子或生產之神而加以祭祀。據說楠梓某位女性到台南的夫人廟祈禱，生下一子，但在兩歲時突然夭折，她悲痛莫名，於是向卜卦先生問法，他說：「是夫人所賜之子，可是從來沒有回禮參拜，因此把他帶回去了。」她才恍然大悟，立刻前去參拜，但爲時已晚矣。

六、虐待兒童的問題

關於愛護兒童的信仰，前面已經介紹過了，但是，由於無知、偏見或本土習俗，也有虐待兒童的傾向，這種變態迷信也不少。像將生產看成是一種神祕的現象，因此不敢看或嫌惡；甚至將死產兒丟入水中，隨波流走。有時還認爲死產兒會變成妖怪而向雙親作祟，或者是俯臥出生的孩子會刑剋父母故加以砸死。

還有，小孩子不可以參加吉慶場合，尤其是婚禮，因爲萬一小孩啼哭，會使婚姻不吉利。尤其是虎年出生的男孩，意謂經常會傷害人畜，在任何場合都不討人喜歡。

另外，十歲以下的小孩，即使活著時非常受人寵愛，一旦不幸夭折，非但不能多加眷顧，還要憎恨他。當然更不會祭祀，也不予埋葬，而是直接丟入水中，隨水而流，更遑論設立牌位了。因爲人們認爲夭折的孩子是討債囝仔，會成爲父母的仇敵。此外，如果接連生下幾個孩子都沒有辦法好好養大時，只要在死去的孩子身上做個記號，等到再投胎時就能夠認得，這種習俗直到現在還殘留著。

原本討債囝仔是指對父母不孝或浪費家財者，認爲是在前世，父母或祖先曾向他人借錢，但債務未歸還就死掉了，因此在這一世，前世的債權人就會轉世到債務人家裡，受其寵愛，浪費家產，從中取回債務，據說只要達到債權額就會死去。

其次，十歲以上的女子若未婚就死去，一定要舉行鬼嫁，也就是說，將其牌位和金飾一起嫁給現存的男子（主要是貧窮的未婚者）爲妻，由男子接受其牌位，供奉祭祀，而金飾則充當男子與其他女子結婚的費用。此外，男女都是未婚死亡者，也可以進行牌位與牌位的結婚。這雖然是一種愛子女的表現，但卻是奇怪的習俗。

台灣本土的家族制度是男性系統，男尊女卑。貧困者逼不得已必須賣子女時，通常先賣女孩，此外，就算不是貧困者，也有賣女子的情況。而交易方面，男子比女子高價，年齡較小者比較便宜。但是，傳說十歲以上的男孩很難教養，因此也比較便宜，而女子則價格比較昂貴。另外也有殺嬰兒之惡習，不過大都限於女嬰（將出生之女嬰丟到水裡溺死），這都是由於實利主義而產生的陋習。

更可怕的是，把子女當作妖魔鬼怪的犧牲品，或是將孩童的腦漿視作肺病的特效藥，因此將出生不久的嬰兒頭割下來，吸取腦漿；甚至認爲男子的陽具是治病的好藥，因此，昔日在台中地方曾發生一起殺死數名小孩割取陽具的恐怖事件，眞是令人慨歎。

台灣習俗與虎的信仰

一、台灣與虎

在台灣的寺廟，經常祭祀著虎像。因此，在台灣習俗中，對虎的考察相當有意義，而且耐人尋味。據說台灣以前是不產虎的，根據民間傳說，昔日鄭成功治理台灣時，因爲認爲「有虎有王」，因此，試圖在台灣繁殖老虎，遂從中國運來兩隻老虎，放到山林間，但兩隻虎不幸都被山胞所殺而告失敗。不過，這種傳說不足取信。

以前的台灣並沒有虎。然而，卻有附虎字的動物存在，而且現在還可見，其中之一便是石虎。石虎主要是棲息在山地，毛有虎斑，從頭部到鼻肌有黃色斑紋。在台灣，麝香貓與石虎都會被捕捉，其毛被用來製造毛筆，不過，隨著時代的演變，現在已受人重視。然而，石虎並非虎，而是山猫的一種。

老虎爲猛獸，是住在寒帶及熱帶的動物。台灣所產的動物當中，堪稱爲猛獸的是豹、熊、豬。虎屬猫科，其外形與猫相似，但身長可能有五、六尺，黃色的毛夾雜黑色條紋，個性猛悍凶殘，會吃掉其他禽獸，也會傷害人類。

以往，台灣並沒有見過眞正的虎，因此，與虎沒什麼關係。儘管如此，在台灣習俗，即民衆的生活當中，卻出現許多具有濃厚老虎色彩的現象。單就事物上，就有很多附有虎字的名稱。例如，地名的虎尾、虎子寮、虎吼口；山名的虎頭山、虎子山；河川名的虎尾溪、虎寮潭；寺廟名的龍虎堂、虎口岩、騎虎王廟；人名的金虎、玉虎、文虎；藥名的虎耳草、虎骨、虎膠、白虎湯等。此外，處理死刑犯斷頭用的刑具叫作虎頭鍘，婦人乳房上的腫包叫作乳虎，虎的神像稱作虎爺或虎將軍。

另外，還有一些特定的人會使用的名稱，例如豆腐，叫作白虎，蔥叫作青龍，所煮的湯叫青龍白虎湯。古詩曰：「儒餐自有窮奢處，白虎青龍一口吞」，便是指豆腐湯。而好的山城我們形容它「龍蟠虎踞」，有王侯將相之貌我們叫作「燕頷虎頭」，都市的壞蛋叫作「市虎」，強者稱作「鐵虎」等等，因循古語將虎字應用在各方面。

此外，博物館陳列有一面大旗喚作「黃虎國章」，是台灣史料之一。也就是在日本佔領台灣時，唐景松與劉永福起兵反抗，唐景松將藍底描繪著黃虎的旗幟當作國章（共和國），劉永福佔據南部，使用黑旗。然而，黃虎旗下的許多能將勇士卻遭遇意外的橫禍，因而枉死。

總之，台灣習俗關於虎的聯想，是廣泛而複雜的。

二、觀念的虎

台灣沒有虎，不過中國卻有很多。但是，不能因此就說台灣人全然不知虎的存在，往來中國，經常看到虎的人也大有人在，此外，因教育關係，民衆對老虎也抱持著相當的概念。當然，因非實物教育，故沒有辦法徹底瞭解。事實上，台灣仍留有將猫視爲虎的習俗，稱作「變虎猫」，這是兒童遊戲之一，將虎、猫視爲同種動物。玩法是將兩根食指戳向兩隻眼睛，中指拉開鼻孔，小指揮動拉開口的兩側，皺著臉，互相喊「喵」的一種遊戲。

其次，談到虎的時候也會連帶提及龍。形狀上兩者完全不同，主要是在詩文中會以對句、對聯來的形容。由於兩者的性質相反，因此，常有對立的描述，如「龍吟虎嘯」、「虎擲龍拏」、「龍騰雲起，虎嘯風生」是相對的表現，「龍虎交戰」是敵對的立場。龍吟則雲來，虎嘯則風來，兩者時有關聯，但一爲虛構的動物，一爲實在的動物。

在台灣，將虎視作貪慾者，吃的很多的人叫作「大食虎」。雖然虎一天吃好幾個人都不會飽，但是，就算某日只吃了一隻蚊子，也絕對不會餓死。

其次，台灣習俗中的虎似乎比眞正的虎更強猛，更令人害怕。有人說虎來前會先颳風，因而將視爲怪物。然而根據學者的研究，虎並不會吃人，其主要食物爲鹿、野豬、羊等，其次是猿猴、鳥類，偶爾也吃水牛或家畜，只有在受驚或受到追擊時，才會反撲噬人；或是因爲年老氣衰，沒辦法捕食其他較爲敏捷的禽獸，才會這麼做。但是，在台灣卻認爲虎看到人，必定會攻擊、傷害，甚至吃人。這是因爲事實上台灣並沒有虎的存在，民衆對虎的認知不足，因此，在觀念上認爲虎是可怕的猛獸，將其殘忍性誇大地加以描述，而這種錯誤觀念大部分來自中國傳入的漢文小說。在這種小說中，描述虎是最殘忍、最可怕的動物，甚至有些是怪物幻化爲虎，猛悍暴戾，見人就吃。對於不知實物的人而言，看了小說就會相信其中的描述，再加上奇蹟怪談的附會，以講古的形式對民衆推銷虎的可怕，因而讓百姓更加畏懼。事實上，最讓台灣民衆害怕的是宛如惡鬼般存在的老虎觀念。像父母要安慰子女時，常說「賊來了」或「虎來了」；兇悍的妻子比作「母老虎」等。不過這種害怕比起「苛政猛於虎」的暴政，畢竟仍只是心理作用。

三、俗語與虎

語言是表達思想的工具，而俗語則是在習慣上應用定型的語言。民衆在日常生活中常用到俗語，因此，在習俗探究上具有相當的作用。既然要考察台灣的虎，那麼，俗語中常常出現的「虎」就不能忽略了。

先來談談虎的母性愛。一般而言，虎非常疼愛孩子，因此，世人將重要的東西稱作「虎子」，如「不入虎穴，焉得虎子」即是。也有「虎無咬子」、「虎無捉子食」的俗語，就是說再壞的人也不會殺害自己的孩子，猛虎雖會害人，但不會吃掉自己的孩子。「虎生豹兒」的意思是說，虎本來應該只會生虎子，不可能會生豹，但傳說一胎生一～三隻小老虎，三隻當中有一隻一定是豹，雖然豹是虎的變形，但父母愛子女的心卻不會改變。可是，豹子與虎子會互相爭執、傷害，甚至造成死亡，因此，老虎父母會努力分開虎子、豹子，不給牠們爭鬥的機會。例如渡河時，沒有辦法同時過河時，母虎會先揹豹子過河，再回來揹一隻虎子，然後再將豹子帶回來，另外揹虎子過去，最後再回來揹豹子，這可以說是母性愛的表現。另外，還有「龍生龍子，虎生豹兒」的對語，意即龍生龍子，虎生虎子，而豹是小虎的別名，也就是說惡人生惡子，賊人生賊子。由此可看出來家庭教育的重要性。

其次，虎也意謂著威嚴。如「虎威」形容威風，「虎步」則是指具有威嚴的走路方式。「虎行路那能空眠」即說虎不管什麼時候都不會掉以輕心，時時謹慎。此外還有「虎不怕狗」的說法。虎當然不會怕狗，就算狗大吠，也不會被嚇着。但是在台灣意思又不一樣了。

所謂「勢力家不怕貧窮人」，這話最初的意思係來自古語「君子不受小人侮，虎豹豈受犬羊欺」，而轉化爲台灣的俗語，將虎豹比喻爲君子，將犬羊比作是小人，實在非常有意思。

虎威猛強悍，回歸山林即能成爲百獸之王，威風凜凜。然而一旦到了平地，卻被狗征服，因此有「虎落平陽被犬欺」的說法。意指要適材適所，才能夠發揮出實力，也暗示著在他處可發威，在此處倒不見得可行。此外，還有「虎尾透天長，羊尾掩腳蒼（肛門）不密」，意思是說百獸中，就屬虎的尾巴最長，而羊尾最短。

當虎活著時，人們因爲害怕而不敢接近，然而，虎皮卻是非常珍貴的，所謂「人死留名，虎死留皮」，人活著就要努力，不可醉生夢死，要像虎死後留下皮一樣，也留下好的名聲。

此外，還有「熊渠射虎」的故事。一個叫作熊渠的人，晚上散步時把石頭看作伏虎，遂搭弓射之，沒想到箭卻深釘石頭上。然而，虎仍一動也不動。熊渠覺得很奇怪，就走近一點瞧仔細，發現原來只是一顆石頭。爲了小心起見，他又射了一箭，但箭立刻彈落地上，這個故事後來演變出「心專石穿」的俗語。另外，還有「錢看虎用，事在人爲」，即是表示金錢的價錢因使用的方法不同而有不同，事情的成敗則依各人努力而有不同的結果。

四、譬喻與諷刺

譬喻與諷刺是將人比作虎，或用虎來諷刺人。除了前面介紹的之外，還有不少俗語、俚諺、格言，可供作處世修身的參考。有時為了誹謗他人，遂假借虎來方便行事，借用虎作代罪羔羊，如此一來，造成人們對虎的印像更加惡劣。這也表明了人具有虎一般的惡癖、惡行與殘忍性，然而，人們假借虎來做這種暗示，不可不謂自討苦吃。

在台灣，將虎的笑容視作是陰險的，所謂「笑面虎」，便是掛著笑容面具的虎。殘暴的虎掛著笑容，表面看起來一團和氣，暗地裏有什麼企圖卻不得而知。這是諷刺人笑裏藏刀、心如虎狼、面如菩薩的意思。

此外，貪慾極盛者稱為「虎狼之人」，「食蛇配虎血」也是誹謗人的話；「這人無齒虎」則諷刺一個人的貪慾永遠也無法滿足。

還有，形容一個人偽善、假慈悲，叫做「老虎掛數珠」。人們認為老虎會吃人，這是牠的本性，怎麼可能掛著數珠，做出慈悲的表現呢？意即故意表現出親切態度的人，根本不值得信賴。「虎相咬一次痛，後來無人要交關」，意謂著失去了信用，顧客只會光臨一次。不老實、經常騙人的人，我們說他是「虎人」、「虎鬚人」，若說「這人眞虎鬚」，意即此人很會騙人。由此可知，虎鬚在台灣是受人厭惡、畏懼的。人喜歡龍鬚而討厭虎鬚，根據本土習俗，只有相當年老或隱居的人，才會留鬍鬚，或有特別理由才如此做。如果在龍年留鬍鬚，那還好；如果是在虎年開始留，那就糟了，因爲這是虎鬚。俗語說「龍年留龍鬚，虎年留鬚變虎鬚」，表示虎年留鬚將是虛僞的、不老實的。

「不知熊亦是虎」意思是說不知是熊還是虎，表示人心難測。「入虎口就難嘔」是說東西一旦被偷了，就很難再找回來。「騎虎難下」表示進退兩難。還有「龍虎交戰，龜鼈受災」是表示受到意外災難的波及「青瞑遇著虎」或「生牛仔不識虎」是指不怕虎、胆子大；「憨虎咬炮」則是說虎想要咬東西，但卻笨笨的咬到爆竹，反而受傷。

五、關於虎的傳說

台灣關於虎的傳說並不多，大都來自中國大陸，再加以潤飾。大陸傳說有虎會變化爲惡人的故事；在朝鮮還有人虎通婚，生下子孫的傳說。其他大半都是虎化爲人或人化爲虎的傳說，其中又以虎化爲婦人的傳說最爲常見。

虎姑婆　是虎化爲婦人的怪談。如今科學雖發達多了，但傳說仍深植人心。尤其是對孩童的影響，更超乎吾人之想像。

相傳昔日在某山麓有一戶人家。這戶人家住著母親和兩個女兒。有一次母親要回娘家，告訴女兒金仔、玉仔明天一大早便回來了。這天晚上，有一隻老虎化爲姑婆，前來她們家。女兒們很寂寞，看到姑婆來訪，當然很高興的迎接。這時，姑婆坐在空壺上，但壺卻不斷發出聲響（尾巴打中東西的聲音），金仔覺得很奇怪。晚上，姑婆與玉仔同床，金仔睡另一張床。半夜時，金仔突然聽到動物吃東西的聲音，於是就坐起身來探視，她看見姑婆坐在床上，表情詭異，就問她：「姑婆，妳在吃什麼啊？」姑婆只是「呃」的答了一聲。「我也要吃。」金仔如此要求，姑婆只好分給她吃。然而，那竟是一根手指。金仔一看大驚，急忙逃到屋外爬上樹，姑婆現出原形追趕她。牠在樹下張開大口，待金仔自動掉下來，幸好，天漸漸亮了，趕回家的母親一看到這種情形，立即跑回家中，燒一鍋熱油，灌進虎口，把虎殺死。

關於這個傳說，內容大同小異，或說油不是母親煮的，而是金仔先前就煮好放在那兒；或說金仔騙虎姑婆，倒熱油給她吃；或說老虎並非化作姑婆，而是化成母親。各種說法都有。

虎公與猫吉　猫經常會裝腔作勢，尤其是遇到狗時，更會如此。猫和狗經常爭鬥，看起來猫比較有威勢，卻打不過狗，只是虛張聲勢而已。「假虎威」的說法本來是說狐假虎威，恐嚇百獸。台灣沒有狐，因此就用猫來代替。

原來猫和虎的臉和形狀就很相似，兩者關係密切，特別是虎不會吃猫，而虎強猫弱，兩者同類，卻有天淵之別。猫吉想要學習虎的威勢，因此，就向虎公請教表現威勢的祕法，而虎則以教牠吃動物不留血的方法作爲交換條件。但是，奸詐的猫學會虛張聲勢的方法之後，卻不肯教虎，因此，虎氣得要殺猫，但猫很快地溜到樹上避難。虎公說：「你給我記住，別讓我再見到你，否則非殺你不可，連屎也會吃掉。」自此猫和虎竟成仇敵，猫很怕遇到老虎，又怕屎的氣味引來老虎，因此，每次拉完屎以後，猫都會用土將排泄物掩埋。

虎爺　台灣的虎爺指的是虎神而非普通的虎。爺字是長輩的意思，因此，虎爺是對虎神的尊稱，也叫作虎將軍。在舊慣寺廟（特別是土地公廟和保生大帝廟），還有民間的公厝、公廳、正廳等，都會以石像、木像、塑像的方式來祭祀。或者祭祀畫像（繪畫或文字）。在寺廟的神桌下，還有蹲姿，瞪著前方的虎像呢。

傳說虎爺是土地公的屬神，被土地公收服以後，才被當作神來祭祀。土地公就是福德正神，依冠束帶、手持金錠、表情溫柔、慈靄可親，通常是坐在椅子或騎在虎上。虎是人類最害怕的猛獸，爲了除去其災禍，於是向土地公祈禱，土地公收服牠以後，就加以馴服、騎乘，即使虎要傷人，也要土地公同意才行。正所謂「土地公無畫好，虎不敢咬人。」

保生大帝與虎的傳說也很多。保生大帝又稱吳眞人或大道公，是宋朝的名醫，後世仰慕其德而建廟祭祀。在他生前，有虎呑吃婦人，卻不幸梗住喉嚨，萬分痛苦，於是化身爲人，接受大帝的治療，並很快就痊癒了。這便是「保生大帝點龍眼、醫虎咽喉」傳說的由來。後來，虎感念大帝之恩，死後靈魂成爲大帝廟的門神，後來又被當成一般寺廟的守護神祭祀。據說病人求之，疾病痊癒；賭徒求之，賭博贏錢。

虎神祭祀之所以興旺，據說是因爲虎的強勢威嚴能禳疫癘惡魔、鎭護廟宇家宅之故，還有人說虎爺會啣金錢來，因此賭徒、商人、演藝人員等更加信仰。而本島獅陣的守護神不是獅子，反而是虎爺。

六、關於虎的迷信

關於虎的迷信，主要是在吉凶禍福、治病、驅邪、避祟等。

虎被認爲是動物中最凶猛殘暴的，因此，吉慶祝賀的場合最忌諱虎。例如結婚典禮，只要是與虎有關的人事物都要避開，像虎年出生的人，不可以進出新房。然而另一方面，虎又成爲祝賀兒童及青年前途的象徵，例如使用虎帽、虎鞋來慶賀孩童的成長。

此外，還有「虎頭」。在寺廟或人家的牆壁、門扉上，掛著啣劍身、面容嚴厲的畫像、塑像，據說可以驅除惡魔。而這虎頭上幅八寸、下幅六寸四分、高一尺二寸，據說象徵著八卦、六十四卦、十二時。另外，還有當成小孩護身符的虎符，象徵虎的虎帽、虎鞋等，都繡有虎頭。

而所謂的「黃飛虎」其典故出自「封神榜」，也稱東岳大帝、瓦將軍。據說建造騎虎持弓之瓦像，置於屋上，能袪除邪氣，使家內平安，到現在，在舊式房子依然見得到。此外還有「白虎鏡」。白虎是一種邪神，白虎鏡則是一面圓鏡，掛在天花板上，據說能夠驅邪，使家內平安。

還有「紙虎」。分作兩種，驅邪用的，是用竹骨與紙糊出來的虎像，當成病人的替身，當人生病時，用這虎人形接融、摩擦病人身體，然後再將紙虎丟棄路旁或燒掉。這麼做是將紙虎當作病人的替身，由其承受疾病而去。另外一種紙虎是在紙上畫虎形，與密函一起裝入信封，便能在陷害對方時達成特殊效果。

接着再談「白虎呑胎」。認爲婦人受到白虎神作祟時，一生都無法懷孕。就算懷孕了，胎兒也會被白虎呑掉，但是，若請道士或青瞑仔（眼盲的卜者）來驅邪祈請，則就算是石女，也能夠懷孕。與白虎神相對的是「黑虎神」。傳說孕婦晚上不可外出，若不小心遇到了黑虎神會導致胎兒危險，甚至孕婦本身也可能死掉。

在基隆三貂嶺的山頂有塊虎字碑，其作用是避祟。那是在淸同治六年冬，台灣總兵劉明燈爲了紀念度過三貂嶺之險，乃建立「雄鎭蠻煙」的石碑。並在一塊寬二尺、高四尺的自然石上刻著「虎」字（草書）。傳說劉過此地時遇到暴風雨，爲了避風雨，遂建立虎字碑，含有「雲從龍、風從虎」的寓意。

其次，虎神治病非常靈驗。像供奉於廟內的虎爺，據說能使小孩的腮腺炎痊癒，也就是說，只要拿著金銀紙摩擦虎爺之腮，然後將金銀紙帶回去，貼在小兒的腫包上，就能夠痊癒。時至今日，父母仍會爲子女而去參拜虎爺。

此外，還有「謝白虎」的奇俗，這也是最容易被乩童等利用的迷信之一。這個「謝」字，是謝絕的意思。人生病時，若請乩童代爲問神疾病的原因，大部分的乩童都會說是因爲沖犯了白虎神。接著就要將金銀紙、白飯、豬肉、蛋、魷魚、魚等和紙糊的白虎，一起放在竹籠中，盡可能拿到河的下游祭祀。燒香以後，將豬肉塞在白虎的口中，並且唸：「食豬肉、笑呐呐、食飯去遠遠」，再將金銀紙和紙虎撓掉。最後，把石頭壓在燒灰上，說：「提石頭，壓路頭。」然後急急踏上歸路。用意在將作祟的白虎謝絕至遠方，不要再回來，不久病就會痊癒了。

七、虎崇拜的弊端

台灣的習俗與虎有頗多關聯，但這虎不是實際的虎，而是想像或觀念上的虎。在描述想像的虎時，通常說得比眞正的虎更加恐怖、誇張。有些人向來偏好怪異之事，便會揑造一些流言傳說。當然，事無根據，可是，卻喚起了民衆的好奇心，釀成附和雷同的習性。

夢不是現實，但是，有很多人不認爲夢只是夢，甚至藉著夢來判斷事物，因此，期待好夢出現，討厭做惡夢。也因此，精神界與物質界經常混淆不淸，而給了乩童等術士利用的機會。

誇張就會產生虛僞，於是，人與人之間無法信賴。台灣習俗的詛咒、斬雞頭發誓等，在在證明人類彼此無法信賴。不信人而信神，盲目地相信神的指示，實在非常可怕。

台灣有關虎的迷信係因對虎認知不足，誇張化、怪物化，而製造出許多嚇人的傳說。這種迷信並不是把虎當作動物崇拜，而是以觀念上的抽象的、妖怪化的虎爲信仰對象。本來，動物崇拜就是自然崇拜的一種，而虎的崇拜，便應視作一種精靈崇拜。因爲人們認爲虎也有靈魂，死後虎靈成爲神，掌管人間的吉凶禍福，因而受到崇拜。

關於金銀紙類

一、台灣習俗與燒金銀紙

台灣燒金銀紙的習俗，源自中國大陸，始於明末清初，三百年來，成爲習俗的色彩而流傳下來。在過去，使用的範圍當然是民間，但是，公家祭祝、神佛會、寺廟齋堂等也會使用，尤其像孔子、城隍、文昌等的官祭典禮上也會用到。文獻記載相當少見，只有鳳山縣誌如此說：「今人送紙錢焚爲灰燼，何益喪家？」由此可知，台灣一直有燒金銀紙的習俗。也許因爲傳自中國，沒有變成社會問題，以一般人也就等閒視之。兩百年前記述台灣社會一般狀況的舊誌，認爲當時民衆的生活頗爲驕奢，雖然不會厭惡勞動，但欠缺儲蓄的觀念，到手的錢財一下子就花掉了，因此，燒金銀紙並不成爲經濟問題。當然，我之所以提倡廢除燒金銀紙，不光只是經濟問題，而是它對風教所造成的惡劣影響。本島今日的各種迷信，或多或少和燒金銀紙都有關係。

燒金銀紙的起因是要打通陰陽兩界的隔閡。人在陽世，鬼神在陰間，是對立的存在，而且，陰間並不是陽間的一部分或其延展，而是另一個不同的世界。陰間與陽間要交涉，不在陰陽的主體，而在客體的人與鬼神之間。有鬼神的存在，才有陰陽兩界的交涉，但人類無法以人身赴陰間，且陽間也沒有陰間的存在物，不過鬼神卻可往來陽間。人們相信，在陽間之外，還有一個未知的陰間，這便是燒金銀紙的由來。

金銀紙的起源，依社會學觀點來看，只要研究以貨幣為經濟單位的時代及其以後的情況，就能夠了解了。換言之，若人的經濟生活的單位為貨幣，則社會生活上貨幣不虞匱乏，因此，人死後在陰間要生活，也得要有可與陽間匹敵的貨幣。然而，在未使用紙幣之前，貨幣仍以金屬類為主，不過，那當然不可能送到陰間去，因此，便用金紙、銀紙代替金幣、銀幣，燒掉以後便可送達陰間。後來，紙幣開始流通，照理講，紙幣可燒，應足以代替金銀紙，來燒給陰間的鬼神，可是，我們不曾聽過燒紙幣代替金銀紙的例子，由此可知，燒金銀紙根本沒有意義。

台灣習俗的燒金銀紙是很沒有節制的。不論何時，不管是年節行事或葬祭冠婚，總是不斷地燒。參拜神佛時，除了燒香禮拜，也燒金銀紙孝敬，卻渾然不知有何作用。

燒金銀紙可說是一種給香火錢的行為，因此，若要廢止燒金銀紙，理當設置香油錢箱供民衆投擲。但是，我不認爲這樣行得通。燒給神佛的金紙固可用香油錢來代替，但是，要燒給鬼魂用的銀紙，如何能用香油錢代替。香油錢主要是對神佛有所祈求時，日後果眞靈應，便以金錢作爲謝禮，供奉給寺廟或廟內的管理人員，並不是直接給神佛使用，這和燒金銀紙的意義不同。因爲在陽間生活要用到錢或通貨，在陰間也是一樣，但是，陽間的通貨無法送達陰間，因此要尋找代用品。金銀紙便是陰間的通貨，燒掉之後，藉著煙使可無遠弗屆，直達陰間。

二、金銀紙類

金銀紙類指的是金紙、銀紙、紙錢。一般金銀紙即指金紙、銀紙，但除金銀紙之稱，還有類似者，因而統稱爲金銀紙類。

「金紙」，有不同種類，或分五種、或分九種、或分十二種。所謂五種是指天金、壽金、刈金、中金、福金，稱作五色金。九種則是前面五種再加上頂極、太極、盆金、九金。而十二種則是將前述壽金再分作大花壽金、二花壽金，刈金分作大箔金與小箔金，盆金分作尺六金、尺二金。

金紙之所以要分類，是因神佛階級、神格高低不同，各有所需而分出來的。即金紙是燒給城隍、媽祖、孔子、關帝、文昌、保生等神，觀音、地藏、祖師等佛使用的。其中，頂極、太極、天金、中金是供天公（玉皇大帝）、三界公（三官大帝）使用的；九金、刈金爲一般神佛之用；而壽金是土地公或其他神佛；福金主要是供土地公使用；盆金爲執禮參拜時使用。而金紙的區分，則是以紙的大小及箔的廣狹而定。金紙的貨幣價値，當然也是各有不同。

其次談「銀紙」，區分不若金紙那麼細，但大致可分作大銀、小銀兩種，細分的話又有大箔銀、二箔銀、中箔銀、大透銀、二透銀、中透銀六種。銀紙用於祭拜祖先、死者、雜鬼亡靈或葬禮時，大銀主要是祭祀祖先，其他時候則用小銀。

除了金銀紙，還有所謂的「紙錢」。分爲金白錢、庫錢、高錢、本命錢四種，高錢又分白高錢與黃高錢兩種。紙錢就是紙做的錢，與金銀紙之不同在於，紙面不是用箔，而是用「〜〜」的穴線穿過，可能是象徵錢（古錢）用線穿過的意義。

與紙錢類似的「經衣」與「五色紙」。還有一些畫有衣服或器具的紙，爲供鬼神使用的有價物品，因此，也可視作準紙錢。

以上金銀紙與紙錢可總稱爲金銀紙錢，此外，還有與金銀紙錢的用途、目的類似，又有密切關係之物。例如所謂燒紙上天是燒甲馬、神馬總馬、解年經、星君、五鬼、天官、代身、白虎、黑虎、天狗等。

舊誌曾載有一例，可見一端。

十二月二十四日，各家掃塵，凡寺廟人家，各備茶果牲醴，印刷幡幢輿馬，儀從於楮，焚而送之，名曰送神；至來歲孟陬四日，具儀如前，謂之迎神。二十五日相傳是天神下降之日，家各齋沐焚香，莫敢狎褻……是日，殺黑鴨祭神，作紙虎，口內實以鴨血或豬血生肉，於門外燒之，以禳除不祥。（鳳山縣誌卷之三）

金銀紙類

種類		紙 長（尺寸分）	紙 寬（尺寸分）	箔 長（尺寸分）	箔 寬（尺寸分）
1. 頂極		一二九	一一四	七三	六九
2. 太極		八二	八一	二八	二五
3. 天金		五一	四八	一三	一三
4. 壽金	大花	五三	四一	二〇	二〇
	二花	五〇	三五	一三	一三

類別	品名	細目				
金紙	5. 刈金	大箔金	四五	三五	一三	一三
		小箔金	四五	三〇	八	八
	6. 中金		三三	三〇	七	七
	7. 福金		三二	三〇	五	五
	8. 盆金	尺六	一二九	一二一	一〇二	九九
		尺二	一一二	一〇三	七四	六八
	9. 九金		五〇	三二	一二	一二
銀紙	1. 大銀	大箔銀	四三	三五	一二	一二
		二箔銀	四三	三五	八	八
		中箔銀	四三	三五	六	六
	2. 小銀	大透銀	二四	二〇	一〇	一〇
		二透銀	二四	二〇	八	八
		中透銀	二四	二〇	五	五

類別	編號	名稱		長	寬	說明
紙錢	1.	金白錢		七五	三二	八的～穴線六條
	2.	庫錢		一四七	七二	五七的～穴線八八條
	3.	高錢	白高錢	九五	四八	七五的～穴線六條
			黃高錢	一〇〇	四八	九〇的～穴線六條
	4.	本命錢		五二	三八	一厘錢的型六箇四列
準紙錢	1.	經衣		九〇	三八	衣服之類的圖
	2.	五色紙		三七	二四	衣服器具的圖
其他	1.	甲馬		五三	三七	馬匹的圖
	2.	神馬總馬		九五	七〇	神、馬、器具的圖
	3.	解年經		五〇	四〇	佛像、經文
	4.	星君		五〇	三五	神像
	5.	五鬼		五〇	三五	五鬼像
	6.	天官		五〇	三五	二神像四隨身
	7.	代身		大小隨意		竹骨紙張的人形
	8.	白虎		同		白虎形

9.	黑　虎	同	黑虎形
10.	天　狗	同	狗形

（本表據「台灣宗教調查報告書」製成）

三、金銀紙的製法

依照本島舊慣，要考察冠婚葬祭時所燒用的金銀紙類，必須考慮到時節性。製作金銀紙所用的紙大都是粗糙的紙，舊慣使用的塵紙，依適當大小切割，在中央貼上金銀箔。貼上金箔者謂之金紙，貼上銀箔者謂之銀紙，而金箔是銀箔加以著色而成的。金銀紙及原料大部分來自福州、溫州、永春等地，本島製造的只佔極少數。但近年來多已使用本島所產。二十幾年前，金銀紙大半自對岸輸運過來，後來，從對岸進口原紙，在本島自行製造。全島各地陸續興建金銀紙製造所，尤以台北、台南為多，但現受廢除燒金銀紙運動的影響，大半已歇業。其工作者多為婦女及兒童，當作副業賺取家用。

金銀紙的製造與需求量成正比，但是，燒金銀紙要花很多錢，不論是從習俗或經濟問題來看，都該廢除。

金銀紙的製造有三大原料：一紙、二錫箔、三金藥。紙有六種，福紙、大南平、元甲、小南平、日本紙及台灣所產的粗紙。福紙亦稱福甲，由福州進口的竹紙；大南平、元甲、小南平來自溫州，也稱溫州紙或溫甲；台灣所產的粗紙產自竹山，以竹爲原料，紙質較差，故多用於造銀紙。

台灣的粗紙依舊法製成，主要是使用桂竹。桂竹筍長到八、九尺，或筍已長成竹而只有兩、三枝根時，將其砍倒，切或四尺長，再剖成兩半或四片，綑成一束，放入溜池，加入適量的石灰使其腐蝕。兩個月後取出纖維，利用石車或石臼輾成綿狀，舖在適當寬度的板上，即成紙。

錫箔則是貼在金紙表面不可或缺的原料，主要來自泉州、漳州。

金藥則是用槐花、明礬、康淘等混合煮成，將金藥用刷子刷在銀紙的錫簜上，即變成金紙。槐花大都由四川省輸入，康淘爲黃色的染料。

金銀紙的製法非常簡單。海菜泡水做成赤菜糊，然後抹在一定尺寸的粗紙上貼上錫箔，做成銀紙，再刷上金藥，便是金紙。此外，金銀紙的紙面可印上某種花樣，利用紅色呂宋柴、明礬、硬油等混合製成的膏油來印刷。依金銀紙種類不同，有的二十～五十張爲一只，二十只爲一千，五千乃至十千爲一枝（萬）。不過銀紙有的以二十只爲一枝，製造所將一枝綑作一包，以蔴繩或藺草綁好，其上下四方蓋上製造廠的印章即可出售。「金白錢」則是一種粗紙。就是將黃白兩色的紙，切割成長七寸五分、寬三寸二分大小，再將「～～～」的穴線自側面穿六條即成。其次是「庫錢」，長一尺四寸七分、寬七寸二分，將長五寸七分的「～～～」穴線從側面穿過八十八條，再折成四折。「白高錢」則是用白粗紙，切成長九寸五分的大小，再將長七寸五分的「～～～」狀穴線六條穿入，橫向四折；「黃高錢」是用黃紙，裁成長一尺、寬四寸八分大小，從紙端約一寸二分處用長九寸的「～～～」線裁斷另一端，成為三片，中間及右邊的三片用長八分的「～～～」線穿成三段。另外一片則將一寸三分的菱形穿成三段。

本命錢別名陰陽錢、解厄錢、補運錢，將黃紙裁成長五寸二分、寬三寸八分大小，利用昔日一厘錢的形狀，縱排六個成四列，進行紅色或黑色的木版刷。「經衣」則是將紙裁成長九寸、寬三寸八分大小，利用木版刷印上衣服、帽、鞋等圖。「五色紙」則是將紅青黃白黑這五色紙，裁成長三寸七分、寬二寸四分大小，印上繪有衣服、錢型、龍升天、壽字等圖案。

「甲馬」一稱神馬，將紙裁成長五寸四分、寬三寸七分大小，上畫神馬、神甲（冑）。「神馬總馬」是將粗紙裁成長九寸五分，寬七寸大小，上畫神像、神馬、神轎等，上部寫著

「列位正神」四字。「解年經」亦稱改運眞經，將紙裁成三寸×四寸，中央畫上佛像，兩旁寫上心經、陀羅尼、消災咒及其他經文。「星君」則是將紙裁成五寸×三寸五分，上繪十二星君的神像。「五鬼」的紙大小同星君，上畫五鬼像。「天官紙」大小亦同，畫二種神像四隨身。

「替身」是竹骨紙張做或的人像，「白虎」也是用竹骨紙張的虎形，「黑虎」也是虎形，但爲黑色，「天狗」則用狗形。

金銀紙的種類全島相同，但甲紙及箔的尺寸稍微不同，紙錢則有紅色刷、黑色刷之別。例如本命錢的錢型，漳州人愛用紅色印刷，泉州人及廣東人愛用黑色印刷。北部與南部在名稱上略有差異，如此部稱爲頂極的金紙，南部則稱大才子或大太極。當作煞神燒掉的白虎、天狗，南部用木版印刷，北部卻用竹骨紙張的人偶像。所謂地府錢，以木版刷刷上兩幅閻羅王像，馬將軍則是牛頭馬面二神像，以木版刷刷成。南部在城隍爺的祭日、普度祭，或爲年輕的死者祈冥福時，供在靈前，拜過江後再燒，但北部全然不用。

據說閻羅王與金銀紙的起源有關，來自佛教思想。吠陀神話中的雅馮漢和雅彌原來爲兄妹，俱從生神轉化進入佛教，先是生爲人，死後成爲死神，統治冥界（陰間或地獄）。傳到中國以後，加以潤飾，認爲其屬神界，所謂十殿閻君（閻王）則是秦廣明王、楚王明王、宋帝明王、伍官明王、閻羅天子、卞誠明王、泰山明王、平等明王、都市明王、轉輪明王等十五、是陰間司法官及行政首長。牛頭馬面則是閻羅王的部下，逮捕地獄的罪人，苛責或行刑。牛爺馬爺有時會到陽間拘捕靈魂，帶回陰間接受閻王審判，令人害怕，人的壽命由天公決定，死期到，閻魔卒就會來捉靈魂。

四、意義及目的

這裏要介紹金紙、銀紙、紙錢及其他紙錢使用的意義、目的，以及接受的對象和燒用的時機。

㈠金紙

金紙是象徵金幣的貨幣，具有最高的價值，使用的紙也特別上等。主要是燒給神佛，其他精靈鬼怪不可以使用，最常用於寺廟參拜，其次是神佛誕辰、年中慶典。爲了報答感謝神佛而燒用，意思同香油錢；若於祈願、神誕時燒用，則與香油錢的意思不同。金紙是神明界的通貨，祭祀神明時一定要用到。

「頂極金」，又稱大才子、大太極金，是金紙中最大者，專門燒給玉皇大帝。玉皇大帝是道教之神，也稱天公，立天地而生，始化成萬類，上居玉京，爲諸神之宗，下在紫微，爲飛仙之主。是萬物的創造主，也是常居天界的萬神之主，會派遣衆神到下界視察人類的善惡。一月九日爲天公生（誕辰），各家供牲醴、燒頂極金，祈求無病息災。

「太極金」，又稱財子壽金，天公祭及三界公衆（一月十五、七月十五、十月十五）時燒用，僅次於頂極金。

三界公係指三官大帝，將天官一品、地官二品、水官三品的三界當成神來祭祀，奉天公之命，下凡治理民衆。天官賜福、地官赦罪、水官除災，不具形象，不像天公是以偶像祭祀，多備香炉或燈籠加以祭祀。或說元始天尊有三子，長子稱上界、次子稱玉皇、三子稱清虛；長子賜福，掌管神界；次子爲紫微大帝，是天上界之王，三子爲三官，治理下界民衆。又一說張道陵分宇宙爲天地水三界，以符水當成三界神的靈藥，讓病者服用，據說靈驗無比。

三界公與天公的神格接近。故可燒用太極金。由於金箔上用朱印財子壽三神，故稱財才壽金，財神居中，右爲子神，左爲壽神。財神賜與財物，子神賜與子孫，壽神賜與壽命，畫中的子神抱著幼兒，壽神爲老爺之相。

「天金」的箔上橫印朱字「叩答恩光」，與頂極、太極一樣，都是祭祀天公、三界公時燒用的。壽金的大花、二花同樣在箔上朱印篆書的「壽」字，多用於媽祖、城隍、關帝等神仙。

「刈金」也稱作三六金，大箔、小箔都在金面朱印財子壽三神像，對一般神佛燒用的。此外，小孩迷路被他人撿到時，禮儀上要贈對方刈金，是獻給拾主家神佛的，還要添加金錢。但人死時，要把刈金放在枕邊或覆其顏面，意義不明。「中金」燒給一般神佛，不過多半用於魑魅魍魎（山怪、水怪）作祟的鬼神上。

「福星」是燒給土地公用的，也叫作土地公金。

「盆金」是圓的金紙，箔穿雙重圓形的點線，內圓用點線穿出「叩答」二字，外圓爲「一心誠敬祈保平安」八個字，還朱印福祿壽（即財子壽），在酬神時燒用。「九金」在箔的中央朱印財子壽，二張爲一帖，二帖爲一百，燒給神佛使用。

㈡銀紙

類似人類的通貨銀幣。燒給祖先或其他亡靈，當成財貨使用。金紙不能用於靈魂界，銀紙也不能用於神明界，兩者涇渭分明，金紙價值高過銀紙，也顯示了其尊卑。

依台灣舊慣，病人危篤時，從病床移到正廳，嚥下最後一口氣時，腳邊要點燭、焚香、燒銀紙。從死後一直到入棺、出葬，銀紙要不斷地燒，以供亡靈使用。爲了上告天界神明，要用竹骨、紙做成小轎，內放銀紙，在屍體前燒掉。親友在出葬前所送的祭品，一定要用銀紙。死者的棺內照例要放銀紙、金銀褲(紙製衣裳)。

「大銀」又稱三六銀,分大箔、二箔、中箔三種,銀面上都畫有財子壽三神像,在祖先的忌日祭使用。「小銀」也叫作二五銀,分大透、二透、中透三種,在祭祀祖先、鬼神及其他普度時用。此外,大銀、小銀的區別不在紙的大小,而在箔的大小。大、二、中的區別也是紙的大小相同,但箔的大小不同。

㈢紙錢

紙錢是除了金銀紙之外,用類似金屬所造的古錢,紙上印錢型,或用絲線穿成有「〰」線的紙錢。大都以千或萬爲單位,當成陰間通貨,是最低等的。此外,根據字典的解釋:「總錢是葬時用紙造成錢型,放入棺中之物。」而唐書「後世里俗稍稍以紙寓錢」,根據事物紀原的記載,「新唐書王璵列傳」說,璵成爲祠察使,自漢以來,葬喪皆埋錢,然後世里俗漸以紙代錢,以此事鬼。因此,璵要人民只有紙錢。現在喪祭時燒紙錢,起因於漢的埋錢。另一說是唐李世民過長平,悼念被白起活埋的四十萬趙卒,燒紙頌其功德。遇到喜慶,燒金紙;逢喪事或凶事,燒銀紙、紙錢及其他東西。時至今日,紙錢的用法各有不同,有的並未立刻燒掉,有的當成亡靈暫時的零用錢,有時燒給下級神明用,有時是償還對陰間的債務,有時又當成拂厄買命的代價。尤其是經衣、五色紙等,並非陰間的通貨,而是當成鬼神的衣物器具來使用。

「金白錢」是祭祀神明的隨身將兵或寺廟的守護神（例如虎爺）時使用的。此外，祭墳時也會用到，但不是燒掉，而是用石油壓在墳墓上，謂之「壓墓紙」。給虎爺用的金白錢也不必燒，但數目不限。

「庫錢」則當成死者暫時的零用錢，和屍體一起放在棺材內，庫錢四折，取十五張用白總包起封住，稱作一萬，按照死者的生年干支（生肖）燒掉。這是因爲人都有陰債，因此，要在死時把債還給陰間。應該還的數量，子歲生者十萬，丑歲生者三十八萬，寅、卯年生者爲十二萬，辰爲十三萬，巳爲十一萬，午用三十六萬，未需十四萬，申八萬，酉、戌各九萬，亥十三萬。

其次是「高錢」，白高錢用於祭祀人鬼，黃高錢則是一家吉慶及祭祀天神地祇時掛在那兒，然後燒掉。「本命錢」畫有古錢的陰陽（表裏），亦稱陰陽錢，當厄年或厄運不斷時，爲了改運而燒掉，故又稱解厄錢或補運錢。

「經衣」是送給好兄弟即無緣靈魂的衣物，在七月普度（施餓鬼）時燒用。「五色紙」是當成小鬼即小兒亡靈的衣服器具燒用。

㈣其他

「甲馬」是祭祀神明的隨身兵將，或送神、迎神時，當成神的神馬、甲冑燒用。「神馬總馬」也是相同，在一月四日的接神（迎神）和十二月二十四日送神時燒用。

「解年經」是以木版印刷佛像或經文，以下列舉經文一例。

太上靈寶天尊説，禳災以度厄，此經，世間若有善男信女，或有年災月令之厄，道城赤歲之危，天羅地網之厄，官符口舌之厄，破財五鬼之厄，無端疾病之厄，落水火燒之厄，禮念咒神之厄，亂言咒誓之厄，水火盜賊之厄，鬼神捉犯之厄，生產疾病之厄，刑傷吐血之危，坐牢枷鎖之厄，頭值太歲使者，災厄一盡消散。

由於燒用解年經可拂危，因此，一年到頭皆用。此外，解年經在拂厄時要先供在神廟，然後再燒用。依地方不同，有時在誕生、結婚或祭三界公時也會使用。「星君」和解年經一樣具有拂厄的作用。而「五鬼」則在補運及普度祭時燒用；「天官」則是祭祀天公、三界公，或是家人祈福時使用。「代身」是替身，也稱作代人，觸怒煞神、罹患疾病或其他不幸時，將罹災者的姓名、八字及病名加以敍述，命其代替病人，然後供三牲祭祀後燒掉。

所謂「白虎」，是受到白虎神即惡神作祟時，造白虎燒掉。要將菜飯、蛋、豬肉、魷魚點心、豆干等裝在竹籠中，放在屋外無人處祭祀，請其以後不要再作祟，然後將白虎燒掉。「黑虎」則是沖犯黑虎神時使用，方法和白虎一樣，稱作「謝外方」，即將其謝絕於遠方。

「天狗」也是沖犯到惡神或狗神時，與白虎同樣的方法來祭祀，然後燒掉。

此外，還有一種爲病人除災厄的方法，取紙造形，子歲生者用鼠形，丑歲生者用牛形，以此類推，加上柳或桃枝，用金紙包住，外部再捲上黃色的解厄經，藏在病床下，在巫女所指示的日時、方位燒掉，疾病就會痊癒。

五、關於金銀紙的傳說

燒金銀紙的習俗是鬼神思想的產物，起源於祖先崇拜。據說始於唐代，但無文獻可資證明。據我推斷，紙錢的起源應比金銀紙更早，因爲古書中並無金銀紙的說法，但以陰錢、冥錢、瘞錢、擬錢等語來代替紙錢。今日所稱紙錢，是將紙剪成錢型，供鬼神使用，或與屍體一起埋葬，當成陰間的貨幣。這在很早以前就流行了，佛經中也有所謂的庫質錢、長生錢，又稱無盡財，但那不是紙錢，而是有些寺廟會收取抵押品而借錢給人、賺取利息，以供寺廟花費。但受到世人責難，這或許與香油錢有關，可能就是庫錢的起源。台灣有爲死者做追善供養的習俗，謂之「做功德」，而做功德一定要燒金銀紙和庫錢，因爲紙錢是陰錢，人死後立刻要用到，因此要滿足亡靈所需。

據說唐朝李山龍裁紙做成錢帛，供養冥官；此外，唐朝陸仁蒨贈給鬼神錢綵，但鬼神說貨幣無法用，要用紙或綵絹做成的紙錢才行。

唐太宗有位諫臣魏徵，受到上下尊重，上疏二百餘篇，力陳時弊及君過，就連唐太宗對他也有幾分忌憚。據說，魏徵殺龍王時，唐太宗曾因此而昏倒，其靈來到冥府，看到衆靈啼哭，於是以陰間一金庫的金贈予他們。他更看到陰間輪迴之慘狀，因此說自己返回陽間之後，必爲他們超渡，不久，果眞魂返陽世。然而，陰間所用者悉爲銀紙和紙錢，太宗乃大赦天下，集高僧爲死者製金銀紙錢予以焚燒，舉行超生儀式。

又有說紙錢的起源和唐高祖（或曰明太祖）有關。傳說高祖顚沛流離時，曾回到故鄉，但慈母已死。他打算前往母親墓前祭悼一番，卻發現墳墓數千座，不知哪座才是母親的，悲歎之餘，只好把錢放在各墓頭，並說若母親有靈，請享用。不久，有一墓的錢淸失了，他因而尋得亡母之墓。

另有一說是紙的發明者蔡倫開始製造金銀紙。他以樹皮、麻頭、破布、漁網之類製紙，獲得成功，天下乃稱蔡倫紙，大獲其利。這可以說是世界上最早的紙。傳說製造金銀紙是蔡倫爲解決紙張生產過剩所想出來的苦肉計，他向朝廷稱病返家，和妻子私下相謀將紙裁成長方形，再塗上銀箔，紮成一束。後來向外宣稱病危，造了一具無底板的棺材，躺在其中，親友紛紛前來探訪，發現他妻子不斷在棺材前燒銀紙。衆人詢問原因，他妻子說出事先套好的話，指他數度昏迷不醒，醒來以後便說缺錢而向他人借旅費，她在他懷中找到幾疊銀紙，知道這是陰間的貨幣，所以燒掉給他用。又說：「我丈夫吩咐我在他死後，不要立即下葬，只要不斷燒銀紙，也許五六天後，他便會醒過來了。」到了第七天早上，蔡倫果眞甦醒，衆人大爲驚訝。蔡倫表示他病危時，被一大漢拉走並關到牢獄中，當他掏出銀貨給獄卒時，原來凶惡的獄卒立刻改變態度，中途一遇到阻礙，只要掏出銀貨，立刻化解，他才能順利見到閻王。閻王因他生前功勳彪炳，遂饒他一命，這都是銀貨之賜，否則他也活不過來。衆人聽他這麼一說，開始流行燒銀紙，希望死者在陰間不致受折磨。後來，也燒用金紙及其他類似之物。但我認爲這只是傳說，蔡倫應不會這麼惡劣，用這種卑劣的手段才是。

六、金銀紙與迷信

金銀紙類中要屬紙錢最爲古老，在唐代之前已流行，而且據說銀紙比金紙出現得早。這是有可能的。因爲銀紙是燒給祖先、近親用的，可說是祖先崇拜、人鬼思想的一種產物，對死去的親人執生前之禮是古禮中的規定，死去的親人在葬禮或祭祀時，當然仍要供飲食、設衣物、制器具，並用到金錢。到了後代，因爲惜物力及道教的流行，古禮改變，利用紙錢或銀紙取代金錢，這也是自然的轉變。

此外，也把金銀紙當作香油錢，認爲燒給神佛、亡靈應不會有壞處才對，但這是太過簡單的想法。雖然一開始金銀紙是當成陰間財貨來使用，但後來逐漸普遍於各種場合，認爲只要燒掉了就會成爲陰間通用的財貨。但是，基於對虎爺的信仰，至今仍有用金銀紙來治病的迷信，或者當成神像、佛像的奠物，或以之當作神位。換言之，金銀紙已演變成神祕或神聖之物了。

燒金銀紙類完全是始於迷信，這種習俗會阻礙社會進步及文明的發達，因此，宜斷然改廢。而最好的方法便是禁止製造、販賣，才能夠徹底廢止這種習慣。

符咒與魔術

一、台灣習俗與符咒

所謂符咒或紙符，是經常被使用的本土習俗，廣爲人知，今昔都沒有太大的改變。目前，符咒的意義與目的，應屬宗教學的咒物崇拜之類。然而，與其將符咒視爲宗教崇拜的對象，不如說是被利用或使用的對象。專門使用符咒之人是法師或符法師。符法師有時也被視爲祈禱師、忍術師或魔術師。祈禱師所進行的護符或守札修法，乃發行札，或應要求，以消災求福爲目的的而施行符術。忍術師則使用神變不可思議的幻術，親自變化有形無形之物。魔術師則是使用魔法，在實行神變不可思議的幻術這一點上與忍術師相同，但是，魔術師本身却無法變化，不能將世間所有物體加以變化。這類法術多屬邪法，爲荒唐無稽之物，然而人們却深信不疑。

台灣的符咒習俗，重點在於本土的民間思想及其信仰，赤裸裸地表現出民衆的性情、意志及慾望。

民衆之間一發生任何變異，則各種迷信、謠言立即蠭起，尤其是遭逢疫病或某種災害時，就會在符紙上寫些奇怪的字或畫上一些符號而後燒掉，將其灰加酒或水飲用，認爲如此即可免於災禍。

其次是對於符咒的觀念或信仰，目前的特性之一即是將符咒視爲神秘之物。原本符咒即爲一種物，然而藉由使用方法，似乎能夠使其產生神奇的力量，認爲藉此可以避邪驅魔，或讓自己憎恨的人受到各種懲罰，甚至能夠致人於死地。另外，有人認爲使用符咒，能夠自由自在地顯現出沒，輕易進出金、木、水、火、土五行。然而，這多半是爲了圖利，利用民衆的弱點而進行詐欺行爲，像符仔仙所使用的巫術，實在是愚蠢之至，但是衆人仍然執迷不悟，反而如蛇蠍般地畏懼符仔仙。

其次，與符咒密不可分的就是鬼神，亦即靈魂的觀念。人死後到底有沒有靈魂的存在，在宗教哲學上，這是一個重要的課題，沒有辦法輕易地解決，不過，本島的民間思想，認爲並非只有人類才有靈魂，一切生物皆有，無生物也有靈魂寄宿其中，靈魂是不滅的，死後仍會永遠地存在。基於靈魂不滅的信仰，符咒的思想於焉而生，而且想出使用符咒的方法。首先，是由靈魂不滅的思想中產生鬼神精靈的觀念，也認爲有妖魔邪氣的存在，並且相信世間萬物都有妖魔鬼怪宿於其間。而鬼神之中，也有會幫助人類的善鬼神，以及會妨礙人類幸福的惡鬼神，並認為與人畜有關的一切災惡，皆為邪魔所為。

雖然邪魔危害人類，但符咒能夠加以驅逐，或捕捉、傷害，使其滅亡，或使用符咒驅使邪魔，但這種驅使，多半是用於不好的慾望之上，亦即想要借助魔力以補人力之不足。例如要使仇敵投降，或是要讓自己的仇敵受到傷害、死亡時，往往想藉著符咒來讓自己的目的得逞。人們認為符咒的作用來自於神力，神對邪魔有支配制裁之力，因而想要借助神力。

接著，與符咒關係頗深的，即是陰陽五行說。陰陽五行說是陰陽說與五行說的綜合體，原來是各自獨立的。陰陽說出自易經，例如繫辭傳中有云：「易中有太極，太極生兩儀（陰陽），兩儀生四象（春夏秋冬＝太陽、少陽、太陰、少陰），四象生八卦（乾、兌、離、震、巽、坎、艮、坤），八卦定吉凶。」而五行說的根據，乃是來自於書經。五行指的是金、木、水、火、土，具有相生與相剋之力，木生火、火生土，為相生。水剋火、火剋金、金剋木、木剋土、土剋水為相剋。

陰陽說與五行說創設於中國上古時代，不過，其由來目前還不明。然而，其影響之深遠甚至遍及整個東洋思想。根據陰陽說，宇宙一切的現象，皆由太極分出，藉著陰陽兩元氣的動靜，現滅消長。世間萬象皆是陰陽活動的內容，甚至人生的榮枯盛衰與吉凶禍福也都是陰陽的作爲。想得到幸福，必須注意陰陽的問題。

其次，根據五行說的說法，金木水火土爲構成宇宙萬有本質的要素，這五行消長之法則會影響人生的隆替禍福。使其顯現出沒，逐漸轉移。

由此可知，陰陽說或五行說，都是研究自然與人生的成住壞空，也就是生成發展、消長起滅的法則。順應這個法則，人生的目的才能夠達成。

此外，將陰陽說與五行說結合起來加以觀察，發現陰陽說是將宇宙的現象視爲兩個對立的關係、動靜、大小、明暗、消長、得失、生滅、盛衰、天地、男女等，所有事物均具二元性。五行說則由構成關係來觀察萬有，認爲一切事物都是由五行的離合、集散、多少、有無來決定的。因此，陰陽說是本體論，五行說是現象論。陰陽說與五行說的看法雖然不同，但並無矛盾之處。後來，結合這兩者所形成的陰陽五行說，並非出於偶然。

二、符咒的意義

經由前面的敍述，各位應該知道符咒爲何物了。原本符咒是指符與咒，是個個別的東西。最初，具有不同的意義與目的。後來兩者的意義與目的都各有改變，漸漸地性質愈來愈接近，尤其是成爲符法師的專利品之後，符咒幾乎就變成同一種東西了。

台灣所使用的符，大都是在紙（特別是黃紙）上寫一些奇怪的文字或繪畫，或以木刷印上，一般稱爲紙符（長短大小各有不同，但通常長七、八寸，寬二、三寸）。關於符本身的意義，根據辭典的解釋，起初，符是以竹子做成的，於其上寫文字或刻文字，一剖爲二，各存其一，合起來成爲相認的標誌。可知，符最初是做爲標誌來使用，並不具任何宗教上的意義。後來，巫覡類爲了差使鬼神，以朱砂寫下文字或圖樣，稱之爲符，逐漸改變符的意義。

而咒根據辭典的解釋，應爲「詛咒」的意思。原本咒爲釋教文體之一，起源於印度古書，亦即梵書的經與咒（陀羅尼、眞言）。不過，現在被當成驅邪治病的口訣，稱爲唸咒。在台灣，有所謂的咒水，即是將清水盛在碗中，於其上唸咒，或將水置於掌上，用手在其上比劃，再讓人服用，或遍撒以驅邪鬼，治療疾病。

由此可知，符咒具有各種不同的意義。符咒原本爲消極之物，當成驅邪避祟之物來使用。但符又分爲善符與惡符（凶符），因此，又分爲積極的用法與消極的用法兩種。亦即善符用以驅邪押煞或消災治病。凶符並不是使用於鬼神，主要是使用於人類，使人罹病，甚至致人於死地；抑或對於嫉妒或喜愛之人，爲了達到目的而使用。同樣的，咒也分爲吉咒與凶咒。

符又稱爲紙符，咒又稱爲咒文。紙符或咒文都有好壞之別（善符、惡符、吉咒、凶咒），好的可以治病，禳邪魔，盛家運；惡的會使人罹病、發狂、遭遇災禍，甚至死亡、家運衰頹。然而藉著以毒攻毒的原理，因符咒而受害的人，亦可以使用符咒加以迴避或驅散，除此之外，別無他法。

關於符咒的意義，在解釋上有很大的不同。有些人認爲符咒是個別之物，使用的目的各不相同；但也有人認爲符咒雖是個別之物，但使用目的却是相同的。也有人說符是器具，咒是文字或口訣，兩者雖然意義不同，但是藉由咒，能夠使符神秘化，遂行想要達到的目的。嚴格說來，以上諸說之中，以最後的說法較爲妥當。換個角度來觀察，會發現咒應該比符更早出現。亦即先使用咒於人的身上，但是咒會立刻脫離人的身體，極爲不便，於是有人想到要利用某些方法來達到目的，結果便產生了符，現在所使用的符，是在黃紙上寫神字，寫時口裡要唸咒文，以役使鬼神爲符神效命，達到使用符咒的目的。

由此可知，符與咒具有密不可分的關係。不過，符是物質的，是一種可見的外物，咒却是精神的、無形的。咒是原始的東西，符則是後來的產物。然而，現在却本末倒置，不顧咒而重視符。也就是說，現在符咒的本質已經被埋沒，符比咒更爲重要了。這由日常所使用的符咒稱爲紙符或符仔可見一斑。然而，就算將符咒稱爲紙符或符仔，「符」仍是個神秘的東西。尤其是符仔字，更被視爲是神字，不同於一般普通的文字，可能是屬於乩字吧！書寫神字，是一種「非常態」的表現，但是現在却成爲一種經常出現的變態行爲，可說已完全失去原本的精神了。

三、符咒的種類

台灣符咒的種類繁多，爲了求得自己生活的安全或提升生活品質，或爲了得到人生所必要的東西，會採用各種手段或方法。以符咒來看，吾人的一舉手、一投足，都可視爲符咒，而自然界的現象事物，也都是符咒的材料。

以前，也有建築師或一般人專用的符，不過現在區分爲只有少數專業者使用的符咒及一般人使用的符咒。不論何者，人類的意志是不可或缺的，不含人類意志在內的符咒沒有任何作用。也就是說，人類爲了某種目的所使用符咒時，就好像把符咒當成自然界的事物來使用一般，但一定要集中心力，全神貫注，才能發揮效用。

符與咒，有時是各自獨立的，亦即個別的存在。然而，在達成目的上，兩者却是相似的。咒與人類的意志有直接的關係；符則是從人類的意志慾望中產生出來的，因此，符應當是次於咒而出現之物。然而，現在所使用的符咒，與其說是符與咒對立，不如說是將咒視爲是符的附屬物，較爲妥當。

符咒大致可分爲善、凶兩種。在使用方面，符可分爲隱身符、和合符、離散符、驅邪符、治病符、月令符、平安符、鎭宅符、鎭怪符、鎭夢符、胎神符等。

隱身符具有能夠將身體隱藏起來的作用，使用之後，使用者的身體會從有形變爲無形，亦即由陽變成陰，能夠自由自在地移動、變化。繼續發展，會演變成各種奇門怪招，例如隱法、遁術等。

和合符是指依循天地自然的理法而應該要和合之物，或是爲了使因事故而變得不自然之狀態恢復爲和合的狀態所使用的符，最常使用於男女，尤其是夫妻之間。但如果違反天地自然之理而濫用和合符，會引起不少後遺症。

離散符與和合符相反，也是使用於男女之間，爲了相愛的男女分開而使用。不過，符咒有善有凶，依看法或情況的不同，同一符咒有時可以爲善，有時亦可爲凶。例如，同樣是離散符，若用於情夫情婦之間的離散，是爲善符；若用來間離正常的夫妻關係，則爲凶符。

驅邪符是用於禳邪氣，這兒所指的邪是妖魔鬼怪、幽魂精靈、魑魅魍魎等。一般人觀念上認爲疾病災厄全是邪魔所爲，爲求人生的安泰，必須消極地採用驅邪法，而且在事後才使用。也就是說，受到邪魔作祟時，才會使用驅邪符，若用於事前，就應該稱之爲避祟符或避邪符了。不過，在台灣，尙不曾聽聞過這樣的符咒。

與驅邪符類似的，就是治病符。治病符是一種驅邪符，專門用以治病。

其次是月令符。根據陰陽道之說，在每個月初一最後一日的一個月內，如果有任何禁忌或遇到作祟的情形，或罹患災難，尤其是疾病時，可由月令知道祟從何來而加以禳除，這時所使用的符即稱爲月令符。月令符與驅邪符、治病符有關，可將月令符視爲治病符的一種。

再來就是平安符。爲了不使生活發生變異，常保平安無事而使用，亦稱安全符。其實平安符也是一種驅邪符，雖然兩者名稱不同，但在使用上只是積極與消極之別而已。換句話說，爲防患未然時使用平安符，如普通民家經常在長方形的紙上寫著「合家平安」或「某某神敕令」，貼於門壁，或在牛棚及其他畜棚上貼「六畜興旺」，這些都是屬於平安符。

也有所謂的鎭宅符，這兒的宅，是指宅地、家宅，一般都貼在正廳門楣上，爲使家裡不受邪魔侵擾產生變異而使用之。不僅是鎭宅，亦可鎭一切怪異。

接下來是鎭夢符。當一個人因爲夢而苦惱時，可能是邪魔作祟所致。爲了避免做惡夢而使用之。

最後是胎神符，而稱安胎符。以使胎兒平安健康爲目的。一般的胎神符，多半是讓孕婦能夠隨時帶在身上而產生安胎作用。

紙符的種類不勝枚舉，多半是與人生、物具、自然現象、精神界等與人事有密切關係者。像隱身符能夠實現人類變態的欲求，使理想與現實調和，滿足人心無止境的好奇。離散或和合符，則是為了維持人倫關係而使用。但事實上，通常都被當成凶符來使用。由此可知，施符咒乃是一種利己的行為。之所以經常被使用，是因為其能夠迅速奏效且非常經濟。

四、符法師

符法師是施行符咒術的專業者。但是符咒並非只有符法師才能夠進行，也有兼業施法者，例如法師即為其中之一。法師也稱為法官，或豎棹頭，與乩童巫女之類有關，其功能類似靈媒，或使用符水禁咒，以為人療病去災。道士之中的紅頭司公，也被稱為法師，這些人都會經常施行符術。總之，概以巫覡類為主，但後來逐漸普及，連一般人也會使用。符咒之法始於道士，後來被巫覡術士加以利用，又出現如符法師這種專業者，使得此術逐漸普及，連一般人也濫行之。

在此，主要以符法師來做說明。符法師，從字面上看，就是專門施行符咒的人。其他還有各種不同名稱。施符術者，被稱為符仔仙，由於其方術太不可思議了，故又稱其為奇術師。自古以來，稱以符術加害他人者為葉仔路。原本葉仔路並不是一個職業名稱，而是術名。稱對方為符法師，表示十分推崇對方，符仔仙或符仔先，則是由於施術者的業務而給予的稱呼，並沒有尊敬或輕視的意義。奇術師則是認為其所行之術奇異無比，而給予這樣的稱呼。

另外，符術師也稱為禁咒師。禁咒是一邊吟唱咒文，一邊拂惡氣，從事醫療的做法。像奇術師會表演各種技巧讓公衆參觀，烏頭司公的做法，亦屬此類。不論是奇術師或禁咒師，所行之術都被視為是不可思議的，但是，民衆對於這些施術者，並不會特別地表現出敬意之心。

葉仔路，是對施術者懷有警戒之意的稱呼。葉仔路為符術之一種，特別是當成凶符來使用，加害他人最為靈驗。因此，將符法師稱為葉仔路，即是對他所行之術既畏懼又嫌惡之意。根據舊誌的記載，葉仔路的起源，是將符咒藥物包在檳榔葉內，用以害人的一種方法。檳榔是一種熱帶植物，是將檳榔樹的實（俗稱菁仔）和老葉混合石灰而成的。本土習慣將其視為一種藥物或嗜好品，經常用以贈禮。因為可以鞏固牙齒，所以除了年少者之外，男女都愛用。客人來時，不是先送上茶果，而是先遞上檳榔。吉慶時並當成賀禮來使用，稱為「食檳榔」，但並不是吃，而是嚼。在嚼時，會產生鮮紅的汁，一半吐出，一半吞下。時至今日，仍然擁有很多的愛用者。因為嚼檳榔需要吞其汁，所以，若於其中加入毒物，可毒殺他人。葉仔路之所以特別令人畏懼，即是因為它與其他的符咒不同。葉仔路是實際加入毒物，當然比宗教上的符咒，更能產生科學上的毒效性。根據淡水廳誌的記載，施行符法時，燒紙符，將灰混合檳榔（也使用煙草、茶水等），食用後會立即昏迷，甚至倒下死亡。各位必須要知道，能夠奏效的符咒，一定是混有毒藥，因此，也可以將葉仔路稱為檳榔路。葉仔路所使用的符咒，是為了達成毒物的效力而產生的輔助品。現在的葉仔路，除了檳榔以外，也會應用其他東西。符法師使用符術進行驅邪押煞，與其他巫覡所使用的方法完全相同，但是却惡用其術迫害良民，因此，民衆視其為蛇蠍，尤以葉仔路之類最為可怕。

符法師做法燒符，將灰混入食物之中，可讓人服用之後立即陷入瘋狂狀態，終致死亡，但這時如果再請其他的符法師來收符，就能夠免受禍害。此外，男女之間，尤其是夫妻之間，妻子受到丈夫虐待時，將夫婦的生辰八字交給符法師，由符法師進行催符，亦即將同一符咒重覆唸好幾遍，再燒掉符咒混入食物中讓丈夫服下，就能夠出現和合的效驗，此即稱為和合符。離散符則是夫妻一方有做出不道德的行為者，尤其是丈夫有外遇，與情婦親近不顧髮妻時，髮妻可請求符法師做法，燒符混入食物之中，讓丈夫與情婦服下，則可促使兩人離散，感情破裂。此外，如果符法師的法力優秀，根本不必燒符讓人服下，只要符法師依照人的八字，進行催符唸咒即可奏效。

雖然符法師所做之事如此荒唐無稽，但是，下層社會卻有很多人相信這種奇力怪術，凡事依賴，但是又害怕傷及其情緒遭到符法師的報復，眞是矛盾。

本島人不認爲符咒是無用之物，但也只有在情非得已之下才會使用。如果有人濫用符術，其子孫可能有滅絕之虞。符法師也不可任意地將符術授與他人，如果被人惡用，則傳授者也難逃責任。符法師要傳授符咒時，需要相當的禮儀，而且爲了日後的問題，也會大設規約。符法師在傳授符術的前數日就要進行沐浴齋戒，同時，受術者也要提出相當的禮金及誓約書，說明一旦受術後，永遠不忘師恩；施術時，一切照帖（規約明記的誓書）行事，絕不絕五倫（君臣、父子、夫婦、朋友、兄弟）或行忘恩負義之事，將這些事項詳細書寫後交給老師。然而，今日的符法師難得有人能夠遵守誓言，也很少有人會勉強弟子遵守誓言。由此可知，符術之道已完全破滅。

五、豎符唸咒

前面已經說過，符法師是專門施行符術者，可是巫覡術士及一般人也經常會實行，在街庄部落的一端或寺廟（尤其是有應公廟）的門、壁上，經常貼有寫著「占得沖犯著東方纏身陰魂鬼、牲醴三碗、黃紙五張、東方二十步化吉」的黃紙，這就是驅邪符，也算是一種月令符，全島到處可見，通常是依卜卦師的判斷來使用，不過，民衆也可以任意使用。

驅邪符的代表爲五勅符，亦稱五公符，是在紙上寫咒文或印上許多鬼字，是爲了免除惡鬼、疫癘、盜難、負傷等而使用的。其咒文如下：

此符斷諸惡氣，帶之者百事大吉，刀兵不傷，横死不染，劫賊滅亡，瘟鬼離鄉，地柱天樑，人口不當，帶符者不死，背符者必亡，符到奉行，急急如律令。

其次是五鬼符。這是在生日或其他的慶賀日焚燒之符。紙上畫著五個怪人，稱爲五鬼。據說，他們是爲人類帶來金銀財寶的五鬼，是授福者。

其次是治病符，傳說有的來自於張天師。首先，在齋戒沐浴之後，牙齒與牙齒互相咬合，以清水漱口，再吐向東方，口唸咒文「叱咄赫陽陽日出東方，吾勅此符，普掃不祥，口吐三味火，眼飛門邑光，捉怪使天蓬力士，破疾用穢跡金剛，降伏妖怪，化為吉祥，急急如令勅」，然後燒符。

月令符是治病符的一種，在每個月的一日到三十日之間對疾病進行驅邪，符有三十種，這在生病或發病之日非常重要。習俗認爲疾病都是邪魔作祟所致，月令是一種方位的沖犯，只要知道某月某日發病，就可以知道是何方的鬼神作祟，再於何方數十步的地點燒符服灰即可使疾病痊癒。而所謂的何方數十步歲，是以病者的自宅爲起點。服灰也稱服符，就是將燒符的灰混水服用，再以一符貼於門壁柱樑等。例如初一發病，是在東南方路上的樹神驅使客死鬼作祟所致。其病狀初期會頭痛，惡寒，其次是發燒，起坐無力，食不知味。這時可以替患者或帶患者拿著五枚黃紙錢到東南方四十步處，將一張紙符與五枚黃紙錢一起燒掉，一張讓患者服用，另一張拿回貼於門頭，如此病患即可復原。

接著是鎭怪異的符咒。當衣帽或鞋子出現奇怪的徵兆時，利用「鎭衣冠等怪符」即可免於災禍。如果睡床或蚊帳發出奇怪的聲響，則使用「鎭床帳等怪符」。其他的器具、車船、牛馬、家畜發生怪異的情況時，也可使用各種不同的符咒，稱爲「鎭諸怪符」。只要貼於發生異樣的場所，即可逢凶化吉。

夢雖然不是現實，然而，有些人却認爲夢是會實現之事，因而盛行依照占夢來解決事物的習慣（稱爲完夢），期待好夢出現，但往往因爲過於相信夢而招致災禍。夢有吉夢有凶夢，夢的吉凶，與其內容相反。例如，夢到自己獲利或夢到自己成功，結果往往是一種惡夢或凶夢，爲了鎭凶夢，要口含淸水，右手持刀，上下左右前後揮動六、七下，面向東方將水吐出，再唸咒曰：「赫赫陽陽，日出東方，此符斷却惡夢，拔除不祥，急急如令勅。」畫咒符。依不同的日支佩戴不同的符，就不會再做凶夢了。

其次，是用紅筆在黃紙上書寫，「雷霆鎭宅」的鎭宅符貼於屋內樑上，即能確保家內平安，無病息災。也有所謂的四縱五橫符，就是在紙上畫縱橫的線條帶在身上，則行住坐臥可保平安，此外還有除刀傷、彈丸符等等，種類繁多，其用法大同小異。

與符咒類似的還有草人或紙人。草人是將稻草紮成人形，詛咒他人時，將釘子釘在稻草人身上」，放在床下、土中等他人不易發現的地方，稱爲「祈釘」，可使對方發病或發狂，引起終生不治的重症，紙人則是在紙上畫人形，寫上詛咒對方的姓名，埋於敵人的家門前，如此可使對方生病。

另外是讓小孩停止夜啼的符。當小孩每天晚上啼哭不止時，可於黃紙上寫著「天玄黃、地玄黃，我家有個夜啼郎，往來君子讀一遍，我兒得睡到天光」的字句，貼於十字路口或別人家牆上，即可止住夜啼。此外也有驅散蝗蟲，尤其是蟻害的咒符，只要貼符，即可奏效。

咒文＝佛生四月八，蟲蟻嫁在家，嫁在深山去，永遠不回家。

其次，因爲害蟲（尤其是腸內的蟲）而引起傷毒時，只要口中邊唸以下的咒語，邊寫上「都臘風」等字，寫好後燒掉水服，即可痊癒。

咒文＝吾知蟲生肆國，父是望瓏瑯，母是耶耶女，眷屬百千萬，吾今識破汝根源，切宜迴避莫生端，若踏前衍施毒害，定教汝等形不全，吾奉太醫真人，急急如律令。

此外，在蓋房子時，必須禮遇建築師及工人，這樣他們才會使用善符於建築物中，使家運隆盛，子孫繁榮。反之，如果受到冷淡的待遇，就會使用凶符，使家運衰頹。他們所用的凶符，第一種是「船符」。造成小船之形，將前端朝向屋內，則其家會富貴；如果反向而行則家財會散盡，凶運連連。另外還有「披頭五鬼」，亦即在鬼字旁添上金木水火四字，寫成五寸平方板的四角，中央畫一個鬼形，放入柱子裡面，則其家主人很快就會死亡。另外，在板間畫上棺木之形，主人就會死亡。其形狀大者，大人死，形狀小者，小孩亡；畫一個一人死，畫兩個則兩人亡。如將烏雲密佈的太陽畫在壁板上，則會引起家運衰退，疾病不斷。另外，鎖中（丈前）放入五彩的人形，藏在天花板或牆壁中，一年內會有五人死亡，十五年之內，一家斷絕。又，於屋樑等處畫一個碗一根筷子，表示這一家的子孫會淪為乞丐；房間內畫船倒下的畫，表示有人會溺斃，或有死產之虞。將綑成一束的柴之畫埋於屋內，則家族爭鬥不休，甚至會出現吊死者。在白紙上畫兩把刀，藏於屋內，則會有火災或引起刀傷事件；刻虎形置於正廳則家人災厄連連。將瓦片或鋸置於樑，則丈夫死，妻子改嫁，子女分居，奴僕逃亡。此外，在屋內寫下凶、口等等字西藏之，則家財會喪失，災禍不絕。埋牛骨，則多災多難，甚至窮到無錢買棺埋屍。將畫有鬼字的怪符放在屋內，則妖怪會出現，無人卻見石頭亂飛，動物也會出現異常，病人不斷

以上是建築師所常使用的凶符。至於吉符，首先就是竹葉符。在三片青竹葉上，分別寫上大吉、太平、平安等字，置於樑上，就能確保家中平安無事。於木板上畫帽子置於樑上，

或畫帶子置於楹，畫鞋子置於枋（板），則會生出聰明的子孫，出人頭地。在門上繪以墨畫，表示代代出賢良，放米於楹、柱之門，表示家榮且富貴。另外，將兩個古錢，依照表裏、左右分置於樑上，表示能夠得到福祿壽（多福、多子孫、多財）三多；包住七根釘（人丁＝家人）置於柱中，表示人丁興旺，會有七人。將軍與墨置於板間，表示榮華富貴；將持槍騎馬之畫藏於屋內，表示武職榮進，名震天下。桂葉置於楹柱之門，表示家榮；置松枝，表示家人長壽。

如果主人認爲建築師可能會在建築物中放凶符，則必須用清水漱洗手口，再唸以下之咒語，即可驅邪魔，化凶惡爲吉慶。但如果是在上樑，則要供三牲（豬肉、雞、魚）祭土地公，燒鎮宅符，其灰混狗血加酒，讓建築師喝下，如此即可免除一切災禍。

咒文之例一＝五行五土，相剋相生，木能剋土，土速遁形，木出山林，斧金剋神，木精急退，免得天瞋，工師假術即化微塵，一切魔鬼，快出户庭，掃盡妖氣，五雷發聲，柳枝一酒，火盜清寧，一切魔物，不得翻身，工師哩語，貶入八冥，吾奉天令，永保家庭，急急如老君律令。

例二＝吾奉太上老君勅令，他作吾無妨，百物化爲吉祥，急急如律令。

如上所述的錯誤信仰，多半是來自於習俗，也有不少是由於民衆生活上的不安所造成的，就好像即將溺斃的人抓稻草求生一般，明明知道不合理也會去做，頗令人同情。

我一直提倡要改廢本島的舊慣宗教及迷信陋習。但是由於宗教人物較少，民衆對宗教毫無自覺，大都固守陋習，因此無法如願以償。又生活的不安定，也是醞釀這種現世利益的信仰的主要原因之一。

然而，隨著文物的進展，生活上的不安已顯著減少了。儘管如此，舊慣陋習仍揮之不去，令人深以爲憾。

風水與變態風俗

一、風水的習俗

國與家　現在爲各位介紹台灣舊慣冠婚葬祭的年中行事。其中，有不少與葬儀或祭禮有關的習俗十分變態，且問題嚴重。在祭禮方面，分爲公祭與私祭。不過，葬儀多半屬於私祭。本土的社會制度，以家族爲中心，關於家事的習俗，有嚴格的規定，尤其存在著家與國分離的觀念，致使民衆較重家而不重國。因此，國與家逐漸兩立，人人只圖自家的繁榮，爲了家可做最大的犧牲，甚至認爲家勢的擴展，才能形成一國。事實上，家勢的逐漸擴展，慢慢地掌握國家大權，即是中國的歷史（易姓）革命。

家的擴展是指家中成員的增加與物質力的增大，即如古語所說的「累世同居」。本土的習俗，爲了防止一族的分散，在長上生存期間，是不允許卑幼分家的。家的擴大，也意味著家事的複雜化，因此，有關的法規、儀禮、統制等規約都非常的繁瑣。而去除一切繁瑣，使大家族能和平共處是有其必要的。爲了家的繁盛所訂的各種規約，總稱爲「禮」。「禮」是家的大法，是維持和平的根本。這個禮十分複雜繁瑣，尤其是對於尊長之禮，更是有嚴密的規定。在有關「祭」的方面，人們認爲不僅是要對現存的尊長，更應該向已故的尊長致禮，因而形成一種宗教型態，葬儀比婚冠更受人重視。

葬儀與風水　在家中，輩分小的需敬愛輩分高的，長輩也必須愛護小輩並加以教導。這之間，就自然表現出家的精神傳統。尤其在長輩中有人死亡時，其葬儀更能顯示出濃厚的惜別情態，但也有因而形成變態迷信者。如本土仍有的殯殮與停棺陋習即是。

當然，「停棺」是爲了讓遠方的遺族能夠趕回來奔喪，但有些則是因爲財力不足或遺產上的爭執而耽擱下來，也有因地理師說不擇吉日或吉地埋葬不行，故只好停棺。停棺的陋習，與風水說有密切的關係，清朝的律令禁止火葬、水葬，以土葬爲原則，故風水說也與此有關。

據說，「風水說」起源於漢武帝時代的堪輿家。堪輿包括天文與地理，通曉此術者爲日師、青烏師、地師、地理師、葬師、風水師、看山先生等，一般稱爲地理師，專門從事埋葬之地的選定工作，稱爲「探風水」。由此可知，風水與地理是相同的，而舊慣却將其分開使用。

風水之說，源於道儒的思想，深受儒教教化的民衆深明愼終追遠的道理，崇拜祖先，乃自然之事。不過，後來却逐漸改變，有人甚至認爲父祖要庇護子孫，對祖先抱著期待之心，所以才要尊重墳墓。到了中世，受到以道教爲胚胎的風水說之影響，墳墓成爲子孫邀利求福的對象，形成一種迷信。認爲在障風向陽的吉地埋葬祖先、父母之枯骨或屍體，不只能夠安定父祖之靈，而且能夠得其陰澤，使得後代幸福、繁榮。即使是學識深博、通曉道理者亦不易擺脫這種迷信的束縛。

龍脈說　風水之基爲龍脈說。龍脈，是視山爲活生生之物，不拘土地的高低起伏，將其視爲龍的一部分，尤其更將山脊稱爲龍身，認爲具有生氣。此外，天下之山互相關連，就如人類的神經系統一般，而山脈則是龍脈的一種。基於龍脈說，出現了天下的龍起源於印度崑崙山，從崑崙山開始，脈勢朝四方發展，遍及全世界的說法。也有人說崑崙山聚集五條龍脈，朝東西分布，二條西行三條朝東進入中國本土，衍出生無數的支脈，更形成千百條小脈，遍及中國全土。在台灣的龍脈，屬南嶺一脈，從福州的五虎山渡海到基隆的基隆山，一脈相承。更向南走，到南岬，其間產生許多支脈分派，貫穿台灣全土。

根據龍脈之說，當風水或房子位於龍脈時，就能夠使生者得到幸福。甚至有人認爲，如果斬掘山地傷到龍脈，會禍及人畜。因此，自古以來官府都有保護龍脈的記錄殘留。龍脈說，是將土地比擬爲龍，順其脈勢即爲龍脈，突起處稱爲龍腦，支脈的分派稱爲分龍，山脈的起點稱爲起龍，末端稱爲注龍。

龍脈說起源於墓地的選定，其由來可追溯到宋朝以前。根據台灣私法，在建立程朱的風水地脈說的同時，認爲墓地有五患，需避之以卜定美地。五患是指墓地他日⑴成爲道路。⑵成爲城廓。⑶成爲溝池。⑷被貴勢所奪。⑸成爲耕犁處。這種觀念直到清朝才逐漸冷却下來，但是在中國大陸的南部與台灣仍然十分盛行龍脈說，在選定墓地前，一定要先觀察脈絡。如果將墳墓比爲風水，則龍脈可說是風水之母。選墓地時，要判定地質方位的吉凶，避凶就吉，而此事由地理師負責。

二、風水的意義

何謂風水　在台灣對於風水有各種不同的解釋。從廣義方面來看風水即是風與水，這兩者聚集之處，即爲吉地，在吉地建造家屋、墳墓、寺廟及其他一切地上物統稱爲造風水。而風水是藏風得水的簡稱，因此，雖說是風與水，但此風是不能流動的，吉地之風必爲靜止之風。

據說「藏風得水」之語出於地理書上的「風水之法，得水爲上，藏風次之。」錦囊經則說除此之外尙有「氣者水之母，有氣斯有水」，認爲氣比水更爲重要。氣即生氣，能貫穿大地，而且會聚集於藏風得水之地。人依照某種方法適宜地接受生氣，就能夠得到福利。生氣是生命的元氣，是萬物的根源，但是生氣會隨風離散，故要防止其離散。自然形成的吉地較少，多半需要加工，使生氣聚集，如建立如屏風一般能夠防風的構造，藉以避免生氣離散。與其說防風，不如說是藏風來得貼切。

原本風與生氣並非個別獨立之物，風來自於生氣。地理書上有云：「夫陰陽之氣，噫而爲風，升而爲雲，降而爲雨，行乎地中，則爲生氣。」而風水的藏風法即是要拉住風（生氣）。

藏風得水的意義衍生出來的風水，不只限於墳墓，像建築家屋、寺廟、市街時都要注意風水。

風水，始於地域的選定，稱之爲地理。此外，風水是依地與自然的感應而產生的，故亦稱堪輿。風水的起源與人類的居住有關，後又歸著於墳墓，一方面也是對於死者緬懷，其後又發展到屋宅廟宇。因此需要更詳細地加以考察。不過，風水的意義的確有顯著的改變且出現不同的學說。

地理與風水　再來是「風水即爲地理」的說法，風水是山水，得到好的山水，即能使子孫長期享有榮華富貴。在台灣，一般所謂的風水係指墳墓，尤其是指山地的墳墓。當民衆的腦海中出現風水這個字眼時，首先聯想到的就是山地，說到山，就會令人聯想到墳墓。因此，風水與山地有密切的關係。嚴格說來，風水可說是獨立於山地，在廣大面積上所建造的墳墓，公共地中的墓，不能算是風水。在台灣，則將在平地、田中或某一角單獨建造的墓，也稱爲風水。

山地的墳墓（風水）的看法，大都是後方北山，左右擁山，前有廣大的腹地，且有水流經過，是一種自然的風景。所謂的後面，多半是指北方，左右指的是東西，前面是指南方。以住宅而言，這種地形確實能夠得到山利與水便。從衛生方面來看，能夠防北風，且能夠享受到充足的陽光；從生計上來看，也是十分經濟的，因此，這種風水說是有意義的解釋。不過，發展成一種信仰，可說已經成爲迷信了。

根據學者的研究，墓地的位置一定要方正，這一點周禮中也有記載，而卜宅兆安屍體，則是出自孝經的說法。到了漢朝，又加上陰陽禍福之說。前漢書的藝文志，與堪輿有關的記事定「堪天道、輿地道」。所謂通曉天文地理者，是能夠判斷地脈方位、避凶就吉者，這是來自「堪輿指天地、如車輿有覆載」之說，一是指天地之道，一定指地理師。

地理是指山水的狀態、形勢及其動靜，與現在的地理學有很大的差距。風水上的地理，認爲地是生的、動的，而自然科學則將地視爲死的、靜的。此外，風水說認爲地與人生有直接的關係，科學則認爲地完全由人類所利用。科學之地處於被動的地位，而風水之地則處於主動的地位，有時更處於能夠驅使的立場。科學之地，不論到何處都是自然，而風水之地却是一種信仰，一種宗教。且認爲地能生成化育萬物，有生氣，依其厚薄，給予人生吉凶禍福，直接影響人體。

風水的目的　依照青烏經的記載，生氣與風水的關係是「陰陽符合，天地交通，內氣萌生，外氣成形，內外相乘，風水自成」。生氣是依陰陽相合，天地交涉而生，地中的內氣爲根本之物，顯現於外則爲物體。風水則是內氣與外氣的交媾，其目的在於除凶得吉，並不具有地的意義，而是脫離地的風與水的意思，地理是依地相觀察風水，其目的同於風水，就是想要免凶禍受吉福。若甲乙兩家（或墳墓、寺廟、部落）居於同地同方向，但命運却不同時，就要借助許多無意義的占卜法，於是就有了風水說的出現。

風水說立足於命運觀。其目的是想要將人生託附於天地之間，以祈獲得幸福。其態度絕對不是科學的，而是宗教的，並且是他力的、依賴的、想要不勞而獲的。因此，希望能夠卜吉地營居宅、築墳墓求幸運，期使子孫的繁榮，爲了達到願望，任何犧牲都在所不惜。

三、吉地的選定

選定的標準 選擇吉地築墳墓是最重要的人事之一。「人子須知」乃是教人如何選定墓地的地理書。但吉地並非到處可見，子孫要盡力而爲。如果自己沒有選擇的能力，就要請專業的地理師來擇定，因爲風水說的內容極其複雜，與陰陽說、五行說、方位說、龍脈說、讖緯說等等有密切的關連，並非僅靠肉眼就能決定。在台灣，幾乎沒有外行人敢隨便找地，全都委由專業的地理師來負責。

吉地的選擇稱爲看地理或相地術。台灣的相地術是從中國大陸來的移民帶進來的，移民之中，有一些通曉地理的專門術士，渡台後寄食於民家，活用自己習得的學識，爲人造福，深受民衆所推崇。他們在選擇吉地時，大都以地理正宗、地骨經這些術書爲依據。其內容多半限於陰陽、五行方位的範圍，缺乏哲學根據，但是，因爲地理師必須擁有相當的學識，而且要修漢學，故在台灣的地理師中，有些人學問非常豐富，頗受一般大衆的禮遇。他們利用指南針（磁石）與圓圖（子午圖＝複雜細密的方位圖）選擇墳墓的吉地，有些人在造家宅時，也會聘請他們前來相方位。然而，爾來由於地理書減少，通曉者日稀，所謂的看地理，已經淪爲形式化或神秘化了。這些地理師大都是秘傳，或是無師自通。

理想的風水　什麼樣的地形才是最理想的風水呢？每個地理師的說法不一。一般是在南方或東方的傾斜面取，但不能過於險峻或太高，亦即在山丘的中腹稍上方，最爲理想。這種地點，大致上視野佳，前方寬濶。然而，這種好地點幾乎人人都能夠發現，不必依賴地理師或風水書。不過，根據風水說，吉地中屬肉眼可見的，只不過是基本的條件而已，另外還要觀察來龍、探生氣、調査藏風的可能、得水的有無及五行的吉凶等，不只是選定山勢，即使山勢完美，其左右的脈山也必須群聚圍繞。得到脈山，風水方得以安靜。在山的前面，也要有河水迂迴流過，有水來，自然能夠招福，但這水不能湍急直來，否則會招來不幸而失去福運。風水說中的一山、二水、三方位，即指明了山與水之重要。其他還有各種必備的條件，但是基本上仍依此三者的吉凶組合而定。

四、風水的改建

塚埔與私塚　選定風水之後就要開始造墳墓。埋於風水的主體是屍體、枯骨、牌位、畫像、木石等，通常以枯骨居多，富家人才會埋葬屍體，或因特別原因情非得已而爲之。將屍體直接埋於土中稱爲本葬（凶葬），原則上，不可再改葬；埋葬枯骨，稱爲骨葬或金葬，亦稱吉葬。本葬後經過二、三年乃至十五、六年再檢骨改葬是本島常見的習俗。

吉地並不一定都是合於風水說的吉地。例如，就算得到吉地，如果山的上部有他人之墳，或前面山上出現大岩石，這些都是風水說所忌的，必須加以遮斷，這當然又給地理師謀利的良機了。風水的改建，勢必會引起很多爭議，這也是造成停柩（停棺或殯殮）的原因之一，甚至形成金葬或吉葬這種不正常的葬儀。

台灣的墓地，分為塚埔和私塚。塚埔是指共同墓地，為官有的，供一般埋葬使用。私塚為私有，屬私人墓地，主要是根據風水說而建造的。墓的大小，依生前的品位與貧富而有差距。台灣的富家都會造大墓，與其說是看身分，還不如說是靠財力，現在所見的大墳墓，多半為富豪所有。

有錢人聘請地理師選擇吉地造墳墓，或改建私塚，這是屢見不鮮的事。

墳墓的形狀　台灣的墳墓大抵為蒲鋒形與饅頭形兩種，亦即圓形或半圓筒狀。俗語所說的「墓仔」，是指單純的一個墳墓，或指其前後左右各種附屬建築。大體而言，共同墓地之墓多半為蒲鋒形，而看風水建造的私塚多半為饅頭型。圓形者，即墳墓後方有高土隆起，前方建有祭祀用的墓庭，左右有墓手，其面積有達數百坪者，大都為二、三十坪。此外，墳墓的左右背面皆築有土堤，這個土堤稱為砂堤，右方稱為龍砂，左方稱為虎砂。

另外，還有墓牌，也就是在饅頭的前面豎立牌石，其左右有墓耳，從墓耳的斜前方延伸出如袖垣般的墓手。通常墓手爲一節，有錢人會延伸爲二節、三節，稱爲一伸手、二伸手、三伸手。此外，墓牌下方還建有墓桌以供放置祭品，並在墓桌中央地上挖洞，代替香爐。較仔細者，會設置石香爐。而伸手所圍繞的範圍，稱爲拜庭（亦稱墓庭），是祭拜的場所。依墓手之節數，可分爲一墓庭、二墓庭、三墓庭，墓手的節，則會做成印頭石筆形。在拜庭的外側也會建造后土碑祭拜土地公。

所謂的青龍白虎，即是如果葬穴朝南，穴後來脈繞過穴的東方，通過穴前，朝西方延伸的山脈，稱爲青龍。若穴後來脈繞過穴的西方，通過穴前，朝東方延伸，稱爲白虎。普通的風水也有左青龍右白虎之說。此外，還有所謂的四神相應，亦即依土地形勢配置四神（龍虎雉龜），龜爲玄武（玄＝北、武＝鱗甲），左流水爲青龍，右長道爲白虎，前池爲朱雀，後丘爲玄武。

根據風水說，生氣聚集之處稱爲穴，止勢之處稱爲局，而來龍止住稱爲成局，聚氣稱爲結穴。事實上，穴與砂合爲一者，稱爲局。擁有一局一穴的龍脈，稱爲來龍，而深入脈穴處也稱爲來龍。不過，一般人都是將穴後的山勢稱爲來龍。遠大的來龍，稱爲祖山，近高的來龍，稱爲宗山；穴後的高山，稱爲主山（又名後山）。將龍頭之將入局處，稱爲入首。又，入首與穴的接合點之稍高隆起處，稱爲頭腦。所謂的砂，是指由頭腦起，圍繞穴四周的小脈。當然，這多半是人爲的。

此外，風水說稱地的高處爲陰，低處爲陽，這與普通的陰陽說相反，可能是對於天地感應的看法不同所效。而吉地的選定，不用說，就是以建造墳墓爲目的，將死者的屍骨葬於其中，希望藉此能得到生氣。不論是誰，都希望父母的遺體能夠沐浴於生氣中，使得父祖、子孫能夠同氣相求。父祖的遺體能夠接受生氣，子孫就能夠得福，因爲是從同氣出發，故可以互相感應。

在台灣，將建造私塚，稱爲「做風水」；選定吉地，則稱爲「尋風水」，亦稱「行地理」。對於風水的祭祀，則鄭重地進行，時間約在清明節（三月）前後，這即是俗稱的「拔墓」或「展墓」。一般的祭墓也稱爲展墓。

通常一年祭墓一次，但是遇到移葬、改葬等特殊情況時，也可以進行祭祀，即子孫聚集於墓前參拜。而墳墓較多之家爲了方便起見，大都由家人二～三位，或一人代表。祭品則是三牲五牲之類。所謂壓墓紙，就是細長的黃紙（有時會將雞血滴在上面）用土塊壓在墓上，此習由來已久。第一次祭墓時，家人都要到新墓前參拜，婦女且要於墓前大聲哭泣，這也是台灣習俗的異彩之一。

五、地理師

地理職業　地理師是分析地脈、判斷墳墓與家屋的地勢、方位等相關吉凶者。然而目前台灣的地理師所從事的多半是與吉地的選定或墳墓的改建有關。最初，是根據住宅的地相來判斷居位者的命運，其後認爲墓地也同樣具有地相之善惡，爲了讓已故的父祖能夠安住，亦即基於報本反始、愼終追遠的思想而產生了風水之說。後更進一步地認爲祖先的平安與否，會影響現代子孫，今希望能夠借助父祖而達成人繁榮的目的，所以重視風水甚於住宅。

改造風水，需要各種條件。地理師則使用其獨特的學說與技術來欺騙喪家。例如，需要水却無法得到時，則造溝渠補充；在山缺之處，也需要加以修補或建塔繞牆，喪家對於地理師的話總是百依百順，因此他們更利用這種機會，針對某個地區的山形地相，說明五行的相生相剋，斷言其吉凶禍福。

凶葬與吉葬　普通的土葬，多半葬於共同墓地，先向地下挖個長七、八尺，寬三、四尺的穴，將棺木納入其中，上覆以土，再蓋以草皮，即呈蒲鋒形。要行改葬或吉葬（金葬）的時期，依死者的長幼，有長有短，中年以下爲三年，中年以上爲七、八年，乃至十數年。吉葬時的墳墓，多半是饅頭形或蹄鐵形。

改葬時，首先要請地理師選吉日，時間到了，再將稱爲「金斗」的磁製碇與蓆、篩、甘草、袋，鍬等帶到墓地祭祀之後再掘墓、破棺、拾骨，骨片置於篩中，將土剝離，再放入袋中。頭骨、脊骨、手足骨等，用甘草接合成骷髏，藏於金斗。在金葬日之前，要放於樹下或屋外，等再選好吉日，再進行第二次的葬儀。當然，這都要委由地理師來選定。民衆相信，只要依照指示去做，必能得吉報。奇怪的是，在地理師所選定的吉地改建風水後，子孫却反而凋零時，也不會責怪地理師，而認爲是風水之故，於是再請地理師選定其他吉地移葬。由於此流弊之深，因此，進行五、六次的移葬改葬之事屢見不鮮。一次改葬的費用十分龐大，因風水而浪費的金錢勞力，眞是難以計數。

江西法與屋宅法　根據學者的研究，風水有兩派，一稱「江西法」，專門依山形水勢來選地。一爲「屋宅法」，是使用記載五行、干支、方位、節氣、星宿等相關事項的羅經來選地。台灣的地理師，主要是利用屋宅法來看風水，至今仍然十分盛行。易占也是其中的一種技術，但與所謂的易經學說已經相去甚遠了。

目前，台灣的地理師不一定都屬專業，有些身兼擇日師、算命師、卜卦師等職。

地理師爲術士之一，在社會上造成很多弊端，其中最爲常見的就是假借選吉地，可能花數個月甚至數年，巡覽跋涉山地，長時間寄食於東家，要求巨額的謝禮金，有時也會誇示自己的品格與技術，或者爲了試喪家的誠意而不擇手段，甚至故意侮辱東家，東家則必須忍氣吞聲。有些狡猾的地理師，見喪家頗有財富時，也會以其家某某人的風水方位不正、五行不合或骨頭滲水等各種方式請他們改葬移葬，暗地中飽私囊，眞是社會的寄生蟲。

術士與地理師　此外，地理師也經常利用民衆迷信的心理謀求私利。他們先找尋吉地好穴，並假造墳墓，勸說想要尋求富貴佳穴的人家買下墳墓，藉此圖利。事實上，如果眞是好穴的話，他人怎可能變賣，一定會留爲自家用。儘管如此，還是有很多人寧可花昂貴的代價，被地理師欺騙而不悔。

地理師有專業與兼業之分。其區別，依收入的有無與多寡來判斷。不過，專業者較少，兼業者較多。剛開始，很少有地理師，多半是擇日師、卜卦師、相命師等，隨著技術與學術的進步，慢慢地吸收相關知識，也兼任地理師，後來才成爲專業者。現在，甚少有眞正通曉風水之理的地理師，大都不識本義，只拘泥於技術方位。報酬並不一定，通常由東家給予謝儀，嚴格說來，不能以報酬的多寡來論定地理師的好壞。

六、有關風水的傳說

崔巽之墓　在台灣，有關風水的傳說，有些是源於台灣本土，有些則是來自於中國大陸，在此爲各位舉兩、三個例子。首先，是唐朝流傳下來的古老傳說。某日，唐玄宗和師傅一起出獵，途中見到一墳，師傅說：「此墓的造形奇特，應該造龍頭之處未造龍頭，且以龍角爲枕，三年內，一定屍骨無存，子孫衰亡。」這時，正有一樵夫經過，詢問之下，知道此爲山南崔巽之墓，爲了幫助他而造訪崔家。崔巽之子不知道是皇帝駕到，被詢問時，他說：「墓是依父親的遺言而造的，安龍頭，以龍耳爲枕，不到三年，即可直升天子。」玄宗聽了頗感訝異。歸途中，師傅說：「臣學未精，經曰，毫釐之差禍福千里。」

保安尊王　其次，是關於台灣寺廟祭神之一的保安尊王（別名廣澤尊王、郭聖王）之傳說。

郭聖王是泉州府南安縣人，是楊長者的牧羊人，品行端正，對父母極盡孝養，曾解救國難。當時，有一地理師來到楊長者的羊小屋，告訴長者其地爲萬年靈顯之地。於是，長者便留他住下，表示願意善待他。可是，暗地裡欺騙一眼失明的地理師，命令牧羊人給他吃羊毛肉，牧羊人看不過去而將事實相告，地理師心理：與其將幸福交給無德之人，不如讓給善良的牧羊人。於是將牧羊人父親的骨灰撒在小屋四周，忽然突起一墓，出現無數的蜜蜂，將楊家的人刺殺。就這樣，牧羊人得以安居於飛鳳山，後來羽化成仙，衆人感懷其德而建立鳳山寺，視爲保國安民之神加以祭祀。歷代帝王，封其爲保安尊王。同治皇帝特別封其爲廣澤尊王。

水蛙穴 淡水街有一座名爲鄞山寺的寺廟，奉祀定公古佛。在廟的後方有兩口井，就風水上而言，相當於蛙眼，前池相當於蛙口，故有「水蛙穴」之名，早先有人說，若於此地建廟必十分靈驗，居民定能受其庇護，於是汀洲人遂興起建廟之議，而有此廟之誕生。

七、風水的保護

墓地與龍脈 台灣的習俗十分重視風水，認爲自家的墓如果遭到破壞，則自家的福祉會受到阻礙，故經常爲風水發生紛爭。而且，不只是墳墓，龍脈的情形也是如此。龍脈，分爲私有、公有或街庄所有，雖是官有地，但是可能與私人有直接或間接的關係，往往會造成一些損傷。

基隆方面的龍脈，在日據前，曾因基隆士紳的請求而發出禁止採礦的公令（淡水廳誌）。竹東郡芎林莊的龍脈也曾因地方人士的申請，而禁止斬鑿龍脈。就算是自己的土地，如果知道其爲龍脈時，也不可任意使用。尤其家宅墳墓的後面爲龍身，自古隣地的業主就不能夠於此地施行工程。根據舊慣，在寺廟正面建房子或設置障礙物都是不被允許的，據說這是對神佛的冒瀆。此外，正廳是祭祀神佛牌位之處，故隣近的業主也不能在他人的正廳正面直線上開水路或道路，認爲如此會射殺神佛，害壓廳堂，甚至會招致煞氣與災厄。

本土的民衆十分迷信。在埋設鐵道水道時，如果線路工程傷及風水，則會觸怒人民，這即是迷信阻礙文明進化的實例。

龍脈的迷信　昔日，官府爲了保護墳墓，實行嚴禁濫挖的政策，這是由於相信會造成改葬的弊風所使然。古誌記載：「埋葬數年後，子孫凋零或家道貧乏者，將責任歸咎葬地，挖其骨，用水洗刷，改葬別處……此等惡俗，地方官雖知却難禁，雖想禁，却無力，此乃愚民之罪戾。」

在劍潭寺內，也有關於保護龍脈的石碑。據說，是在咸豐二年淡水同知所豎立的。爲了保護寺後的龍身與廟宇、墳墓，因此禁止放飼水牛，採掘石材、砍伐樹木等。此外，竹東郡芎林莊，有一開發多年之地，因事關龍脈，在同治六年，淡水同知爲了保護該地的龍脈，也特別下令禁止再開發。

八、風水與陰陽五行說

陰陽與禍福　風水說的由來，是古人基於生活上的需要相地而產生的。後來，成爲專門化、抽象化的相地術，甚至出現地理師，衍生出風水的思想。其中，受陰陽五行說的影響頗大。

「陰陽說」認爲宇宙一切現象，皆由太極所分出，由太極所生成。太極是萬物的根源，太極生陰陽，藉著陰陽兩元的動靜使萬物現滅消長。因此，人生的榮枯盛衰吉凶禍福，都是隨陰陽而起伏的。

生氣與命運說　前記的地理書記載：「陰陽之氣，噫之爲風，升之爲雲，降之爲雨，行於地中，則爲生氣。」由此可知，陰陽的活動分爲有形與無形兩種。

雲雨皆有形有聲，地中之生氣則爲無聲無形，在地中生成萬物。亦即陰陽出於太極而互相流行，陰流動則成陽，陽氣凝聚則爲陰，互相生成影響。古代的易學，直到漢代爲止，都與五行說有關。另外，也有讖緯說的出現，預言未來的吉凶禍福，使得陰陽五行的迷信大行其道。另一方面，陰陽家依曆法將一年分爲四時、八位、十二度、二十四節，決定每個月的行事。又，五行有相生相剋之理。相生是指互相幫助，發揮性能；相剋是指互相爲害。關於風水方面，如果山與山有相生關係還好；如果相剋，則即使爲吉地，也無法發福，反而有害，故看龍法於焉產生。

風水法是依照陰陽五行的理想，按照方位、地形、類型等判定吉凶，將生氣集積充溢之地，稱爲吉地。最重要的是講求聚集生氣的方法。風水的藏風法，是以陰來之地和陽受之地爲局，凸形之龍以凹形地勢受之，穴必須定於凹部中央。亦即穴的周圍要有山環繞，中央盆地爲陰陽中和之地，生氣活動其間。方位是指住宅或農作物會受到氣候風土影響，所以要選擇面對太陽、風向良好之處。方位說即是因此而生。當然，就生理衞生或經濟方面而言，這並非不好，但是風水上的方位說，幾乎都來自於命運觀。

九、風水的弊害

地理師的矛盾　有關風水的弊害，多半是地理師一手造成的，這是古來官民共有的體認。俗諺有云：「地理先生慣說誕，指南指北指西東；山中若有王侯地，何不尋來葬乃翁。」也就是說，地理師會依陰陽五行的理法，教人開運之道，但自己却不這麼做，這不是自相矛盾嗎？民衆非但不自覺，反而相信地理師的妄言，實在是令人同情。爲了現實的欲望，連智慧都被埋沒了。

改葬之弊　地理師認爲風水的地域有木與火的表象時，即爲火難；有火與金的表象出現則爲盜難，需速謀對策。由於民衆的迷信，使得奸智之徒往往加以惡用，乘機謀利，有時甚至結黨騙財。因此，官府對於安葬、墳墓的保護提倡有加，也發禁令加以制裁。但侵佔或侵犯他人之墓的之行爲，並未因此而遏止，報復或用金錢強取之事仍然到處可見。像抗爭的行爲、挖對方墳墓或延遲葬期等弊端，就算有識之士加以駁斥，當事人仍執迷不悟。能完全擺脫風水之謬妄者，實在是少之又少，連官府也曾發出訓令說：「……不應與有主之墳混同……或恃強攔阻，或私自挖盜，對死者無益……違者照例究擬。」有些人却認爲墳墓的迷魂會作祟，而妄自破塚毀棺，摘骨焚燒，進行壓煞。此外，被盜挖的人家，爲了尋找父祖之遺骨或犯人，會公開懸賞而演變成一種風俗習慣。

土葬的起源　停柩的陋習也與風水有關。風水的起源始於土葬。古代的葬儀，只是埋葬骨骸，亦即人死之後，將屍體置於野外，待其皮肉腐爛散落，再拾其枯骨埋於地中。其由來是因爲原始社會對於死者心存畏懼，於是將屍體棄於山野，經過一段時日之後再收其骨骸。但是，畏懼之心仍無法消除，因此，希望這可怕的東西能夠離開人類的視力範圍。亦即埋入土中，這就是土葬的開始。後世對將枯骨埋入土中的解釋，使得葬儀的意義於焉成立，也構成與此有關的倫理觀。例如，藉著生氣感應，能夠使子孫得到幸福，並認爲對父母祖先的祭祀是孝的最高表現。基於這種觀念，而衍生出選定吉地之風習，希望父祖的遺骸能夠得到生氣。

停棺的陋習　亦稱殯殮，是將屍體放入棺內，停留一段時間，舉行哭奠之禮。其由來之一即是以往衣食共處之人，死後如立即埋於土中，近親者於心不忍，而且也不願與其分離，因此，要停棺一段時日，珍惜即將永別的片刻。此外，殯殮也可以說是對父母尊長之死的一種惜別之情，是孝子應當爲之的美事。然而，隱藏於孝子美名後面的眞相，却是也許來不及籌湊喪葬費用；或富家想利用這些時日選定死後的吉地；或兄弟爭奪遺產之事尚未解決，故只好停棺；或父母遭人殺害，爲了找出凶手而停棺，更有因爲債務未償還，而被迫停棺的。

另外，死人一向是爲人所嫌忌，故在往昔必須離開生人的居所而置於他處，後來由於人情的發達，慢慢地對死者產生敬愛之情，不過，屍骸仍然放在較遠處。後來子孫不忍父祖的屍棺馬上被移到較遠的山野，而且也認爲若不對死者表達哀惜之情，可能會遭遇災禍，因此就衍生了停棺的習俗。

十、風水對策

風水信仰與累世同居的習俗有密切的關係。這是因爲風水是家族的守護者。在台灣，盛行累世同居，甚至四代、五代同堂，同住一處，財產共有。自古以來，子孫同居一處即被視爲美風，官府會給予獎勵，建褒坊以彰其德。不過，多半歸於失敗，且醞釀出無數弊端。有時，爲了求得和平，反而招致爭擾，這也是不爭的事實。因此，這種大家族，也就是累世同居的舊慣，宜因應時代而加以改正。

風水信仰的內容是現實的、功利的，將風水當成祈福邀利的對象，而產生很多弊端。此外，做風水的主要是私塚，所佔的地方太大，從國家社會的立場來看，是不經濟且不具生產性的。何況墳墓並不具有何種特殊意義，又是浪費大量財力、勞力而加以改造，這絕不是値得稱讚之事，對於社會風教而言，也會有不良的影響。

此外，想藉著造風水得到庇蔭，這也是不正當的想法，會阻礙活潑的國民精神，產生怠惰放逸的遊民。

其次，風水的迷信是本土的陋習，而使其長存於社會永不斷絕的就是地理師。他們堪稱是風水的權威者，也可以說是散布迷信的人，將風水當成可以買賣之物，謀取私利，爲害社會。

另外，根據風水說，應該要嚴禁墳墓的移葬與改造，同時，亦應改正陰陽五行說、龍脈說、方位說、讖緯說等思想，盡量以火葬取代土葬，這才是最直接奏效的方法。

土地公

一、土地公崇拜

在本島的民間信仰對象中，何者最受敬仰，且最具濃厚色彩呢？一般人會認爲是媽祖或城隍爺。但事實不然，我認爲在本島民間信仰的對象中，以土地公最具代表性。媽祖或城隍爺主要奉祀於寺廟，祭典多屬公祭，大多數的民衆也會參與，看起來好像是信仰對象的代表。但是，土地公却與前者相反，較少於寺廟祭祀，反而在家中廳堂或路旁小祠較常見。在祭典上，與前者相比，不算是大衆化，多半是由少數人一起或私下進行。然而，祭祀的次數多於前者，每逢年中行事冠婚葬祭都會加以祭祀。在台灣的宗教信仰中，土地公的廟祠可算是最多的了。

明末清初開始陸續移居本島的民衆，多半爲農民，爲了祈求航海平安而信仰媽祖。登陸台灣之後，由於經濟的成功而祈求土地公。後來，媽祖與城隍爺也成爲福利之神，受人崇拜，不過，基本上都是尋求精神上的安慰。而對土地公的信仰，則與人民的經濟生活有密切的關係。以信仰者的立場而言，土地公是值得敬愛之神，而媽祖與城隍爺則未必如此，有時是被當成作祟之神，故要敬而遠之。因此，土地公最受本島民衆敬愛，奉祀於各家各戶。此外，在莊頭莊尾林野處也會建小祠加以祭祀。所謂「田頭田尾土地公」，可看出其無所不在之聲勢，其數目難以調查清楚。

二、土地公的意義

那麼，土地公的眞相又是如何呢?土地公別名福德正神、福德爺、后土、伯公。由字義來解釋的話，土地公即爲社稷之神。社是土地、稷是五穀，人類居住於土地上，賴五穀以爲生存。

基於這個自然的理法而祭祀土地公，感謝其恩德，祈禱其賜福，故將其人格化加以信仰、崇拜。此外，與天神相反，土地公是屬於地祇。

中國從清朝時代開始建造兩個神牌，左爲稷、右爲社，塗以朱漆，題爲「本縣縣社之神」及「本縣縣稷之神」，平日收藏於城隍廟，到了例祭日，天子以五色土設祭壇，地方官以一色土造壇，帶正印，於春秋二季進行三獻禮的祭儀。

三、土地公的神格

土地公是土地之神，其系統同於城隍爺、境主公，多半祭祀於市街莊的寺廟或郊外小祠，是各市街莊的守護神。此外，祭祀於私宅廳堂的，稱爲福德正神，守護其私宅廳堂。祭祀在墓地的，則稱爲后土或后土伯公，爲守墓之神。一般農民認爲，信仰土地公，則土地得以平安，農作物得以豐收。另一方面，也視土地公爲財神，認爲它是授福德予人類之神。從事農商者，更是特別敬仰。此外，礦業，尤其是金礦業者，在獲得巨利時，都會拿出一些錢來酬謝土地公，稱爲土地公錢。

總之，民間信仰中，認爲土地公除了能使五穀豐收外，也能使人發財。一般無所屬的財物，皆爲土地公所有，如果有機會落入個人手中，則會認爲是土地公所賜予的。例如，在路上拾獲錢財，如果不知失主是誰，就會認爲是土地公所賜而納爲私有。

四、土地公與財神

土地公的祭日爲二月二日、七月二日、八月十六日、十二月十六日四次。一般商家則會於每月二日及十六日供牲醴祭祀土地公，祈求生意興隆，稱爲做牙，另外，在其例祭日，寺廟也會張燈結綵，供香花燈燭牲醴果品等舉行祭典。在這時，參拜者較多，有時也有人捐錢請戲班來表演。

土地公通常被塑造成衣冠束帶，手持金錠，豐頰溫容的老爺形像，坐在普通的椅子上。但是林間或山路中的土地公多半是騎虎，因為虎是山中之王，是人類最害怕的猛獸，為了除其禍害而祈求土地公，後來，虎被土地公收服後，成為土地公的騎物，供於神桌下，與土地公同祀。因此，虎不可隨便咬人，要咬人時，必須得到土地公的許可，而且咬的對象也要是作惡的人才行。聽說這個虎爺會啣錢來，故頗受賭徒及戲子所信仰。

如前所述，土地公是土地及五穀的守護神，人們將其擬人化，當成民間信仰的對象，在現在，有著各種不同的傳說。例如，祭祀於祠堂的土地公，有土地媽的配祠；而民家的土地公，則絕對不會祭祀土地媽或土地婆。傳說土地公是將幸福與財物平等地授予人類的財神，但却遭到土地媽的反對，因此，人類世界才會出現貧富懸殊的現象，貧民也因而對土地媽懷恨在心。現在，為各位敍述一些土地公及受到貧民憎惡的土地婆的傳說。

五、土地公與土地婆

二月二日是土地媽（又稱土地婆，婆含有輕蔑之意）的生日。昔日玉皇大帝為了賜予人類財物而命土地公負責這項任務。土地公忠厚篤實而慈愛，平日以行善爲樂事。接到玉帝的命令後，來到人間，準備將財物平均分配給人類。雖然想要實行這個均富的理想，却遭到土地媽的反對。她說：「也許你是大公無私，但是將財物均分給人類是不好的。如果世間沒有貧富貴賤之分，那就不易治理了。富者應該更富，貧者應該更貧，否則就無人抬轎，也沒有人當下男下女了。」夫妻爲此而爭論不休。土地媽的主張十分強硬，而土地公生平又怕妻子，且她所提出的理由也並非完全沒有道理。在爭論之間，土地媽提起了他們美麗的女兒之事。

「我們的女兒不久之後也要嫁人，如果人人皆富貴，那麼到時候會有誰來爲女兒扛花轎呢？」土地公無言以對。於是，只好放棄「均富」的想法，使得世間出現貧富不一的情形，因此，土地媽受到貧者所憎恨。另一方面，富貴者却很感謝她，故每年二月二日，亦即土地媽的生日那一天，會供牲醴果品祭祀。而一般貧困者，是不祭祀土地媽的，有時甚至會以其最嫌惡之物來祭祀，表示對其敬而遠之。

六、土地公的德行

據說，人類在世間積德或見義勇爲或力行公益，死後就能夠成爲福德正神（土地公），以下的傳說即爲其中的一例。

周朝的張明德是某上大夫的家僕，主人爲官赴任遠方，家中愛女日夜思父，令張明德頗爲同情，乃決定陪同小姐赴遠方尋父。途中遭逢大雪，小姐不堪其寒，明德見狀心生不忍，遂脫下自己的衣服給小姐穿，結果自己却因而凍死。其時，天空浮現出「南天門大仙福德正神」字樣。後來，上大夫感念忠僕的誠意，建廟奉祀神像，敬奉福德正神的匾額。後由周武王賜予后土的稱號，後世便稱其爲土地公。這個傳說，盛行於民間。因此，一般人認爲土地公就是張明德。但也有與此完全不同的傳說。

七、后土與孟姜女

在台灣，守護墓地的土地公，稱爲后土，多半於墓地的一隅建石標。曾有如下美麗而動人的傳說。昔日秦始皇爲了建造萬里長城，徵用天下壯丁進行建築工程。當時有位名叫韓紀郎的讀書人，體弱不堪服勞役，且又是老母的獨子，因而不想遠離，四處躲避。在五月五日端午節那天，突然闖入一豪家而迷路，幸而庭內有棵大樹，於是爬到樹上躲藏。此日，有男女一起入浴（洗菖蒲浴）的習俗。不久，忽有一美女走出屋外來到樹下，因不知樹上有人，而於白晝裸露冰肌浴於大桶中，浴後著衣時，見人影映於水面，抬頭一看，驚見一名男子躲於樹上。此女名為孟姜女，平素玉潔冰清，自認事已至此，只好與見到自己身體那人結為夫婦，因而向韓紀郎提出結婚的要求，得其承諾之後，遂行花燭之禮。豪家當然盛宴款待鄰近之人，不幸的是，忘記邀請一名開雜貨店的老爺。這名老爺知道韓紀郎的秘密，而向官府告密，使得韓紀郎因而入獄。新郎新娘僅廝守三日即遭生離死別之痛。

之後，韓因不堪勞役之苦而死，其屍被埋於長城下。姜女不知丈夫已逝，帶著郎君的寒衣（冬服），長途跋涉尋夫去。歷經千辛萬苦，終於來到萬里長城邊，此時才得知丈夫已故，即使要尋夫骨，也難以探尋。在悲痛之餘，姜女放聲慟哭，哭倒了長城八百里而露出無數白骨。姜女遍尋亡夫遺骨不可得。此時，突然出現一老翁，告知：「妳咬破食指，滴血於骨上，血滲入骨中者，即為汝夫之遺骨。」姜女依其指示，果然找到亡夫遺骨。姜女傷心的捧著遺骨踏上歸途。很不可思議的是，白骨在淚的滋潤下，居然生出肌膚，即將復甦，不過先前那位老翁又出現了，他說：「抱此重物行長途十分艱辛，還是放在麻袋用揹的較為方便。」姜女依言而行，沒想到遺體再度失去皮肉，成為白骨。姜女忿怒之餘，拉住老翁，葬亡夫之遺骨，要求老翁留下守墓。後人認為此老翁即為土地公（后土）。

另外，還有很多關於土地公的傳說，大都是將土地公擬人化或穿鑿附會。總之，土地公是善神，會施恩於人類，只要有求必能應驗，故受民衆信仰。

全島第一的天公廟
——美濃的玉清宮——

旗山的美濃，是山明水秀之地，昔日稱爲瀰山濃水，故原來的地名是瀰濃。在此處的山麓建立了玉清宮，費用多半是高雄州下的廣東人所捐贈。

天公

天公又稱玉皇上帝或天公祖。本神立於天地而生，化成萬類而成神，上居玉京，爲神王之宗，下在紫微，爲飛仙之主。本神創造天地萬物，常派遣萬神下凡視察人民的善惡。也就是說，各地寺廟的神明，全是天公派遣下來的。而天公被當成萬神之主，如果向神佛祈願而未能應驗時，最後就會轉而祈求玉皇上帝。

一月九日爲天公的生日，這時，各家會供牲醴祭祀以謝恩。傳說，在玉皇上帝的統轄下，每位神仙各有不同的階級，各司其職。例如文昌帝是管學務，關帝管商務，巧聖先師管工務，五谷爺管農務，城隍爺管司法及警察。上帝的權力橫亙幽冥兩界，兼儒佛道。派遣到各家的灶神，是監視家人的善惡，於十二月二十三日晚上，要回天上向上帝稟報情況。上帝在二十五日，隨衆神巡視諸天，決定來年諸人的禍福，因此，一般民衆會於這一天齋戒沐浴，焚香禮拜。

然而，經由實地調查，發現一般人對於上帝的信仰並不十分熱絡。戰國時代，人民多半不知天子之恩，所仰慕的，是能夠直接加諸德政施恩慈的地方官，最令人民害怕的，就是可能會直接危害他們的土匪地痞之流。本島民衆對神的概念也是如此，對於直接授福禳災之神，或構患爲祟之神，會加以崇拜，很少有人會重視玉皇上帝。玉皇上帝之廟，多屬小廟，只有美濃的玉清宮與彰化的元清觀是大廟。現在元清觀的上帝大塑像，已甚少人前去造訪。

玉皇上帝麾下統轄諸神，這是道士的說法，這種說法不合儒佛的思想，故很難植於民衆腦海，只有在十二月及一月的祭祀日，玉皇上帝看起來才像是個統一神。有時，媽祖與觀音媽比玉皇上帝更受世人之敬仰，當此信仰達到巔峰時，甚至其他諸神都不被重視。因此，到目前爲止，玉皇上帝尚不被人們視爲是單純的統一神。

媽祖

媽祖又名天上聖母或天后，是中國福建省興化府莆田縣湄州的林姓女子，始祖是唐朝的林坡。林坡有九個兒子，十分聰明，在唐憲宗時代（西元八〇六～八二〇年）兄弟九人皆爲刺史，號稱九牧林氏，郡州刺史薀公即爲其中一人。其孫牧圍公有子名保吉，也立功，後來棄官，退隱莆田縣賢良港。其子孚承其世勳，爲福建總管。孚之子惟慤爲都巡，此惟慤即爲媽祖之父。

惟慤娶王氏爲妻，育有一男六女，媽祖爲么女。惟慤夫妻平日廉學篤實、樂善好施，對於觀音大士的信仰頗深。不過，長男却非常孱弱，發育不良。

惟慤希望能得到一個健全的後嗣，故每日焚香，禮拜大士，祈禱能夠得到佳兒。某夜，觀音大士出現王氏夢中，賜給她一粒藥丸，王氏服後就懷孕了。夫妻倆認爲必可得到一個好後嗣，內心十分欣慰。

翌年，即宋太祖建隆元年（西元九六〇年）三月二十三日，王氏生產了，不過，却是一名千金。

夫妻雖然失望，但因誕生之際顯現種種異象，故也疼愛有加。然而，孩子出生一個多月了，都不曾啼哭，於是便給她取名為「默娘」。

默娘從小即聰明過人，不同於一般的女子。八歲入私塾讀書；朝夕隨母親讀經禮佛，毫不懈怠。十三歲時，有一位老道士玄通到默娘家，見其具有佛性，可得正果，故授予玄妙秘法。十六歲與附近女伴於井邊玩耍之際，突然有一神仙出現，賜給她一幅卷物。從此之後，她殫精竭慮，參悟玄機，練就一身法力，靈通變化自由自在，或驅邪，或救世，屢屢顯神力。有時，父兄在海上遇到暴風雨或船難等，她都可於夢中得知，飛去解救。又或看到千里外海上的人遇到危難時，她也會在船即將沈沒之前，投草於海中，使草變成木材，令衆人能夠倖免於難。在她二十一歲時，莆田縣遇到旱魃，農民深受其苦。這時，縣吏請她乞雨，在她向天祈禱之後，果然天降大雨，解救了農民之難。二十三歲時，村中出現妖怪，一為順風耳，一為千里眼，人民不堪其苦，於是請媽祖予以懲罰，媽祖將其降服後，收為部下。千里眼經常以右手抵住額頭，瞪視著遠方，順風則是經常以右手指著右耳，骨骼壯碩，是媽祖左右的鬼神。這二神，一能目視千里外之動靜，一能聽聞千里外之音聲，並向主神報告。有時，媽祖也會親臨戰場，擊退敵人，或是投藥救人，做一些凡人做不到的奇怪事情，令人敬佩。

到了默娘二十八歲那年秋天的九月八日，她對家人說：「明天是重陽節，我要獨自去登高。」家人並未特別留意。九日一早，默娘照常焚香誦經，對姊妹們說：「我此回登山，乃是要達成平素之願，道路既險且遠，無法帶各位前去，眞是遺憾。」說完之後，渡海到湄州嶼，爬上其中最高的山峰，如履平地。這時，天空響起天樂般的妙音，只見她衣袂飄揚翺翔於蒼冥白日之間，稍後即消失無踪。

媽祖白日升天後，屢現靈異，深受莆田一帶人民所尊信，於是村民建祠祭祀，稱其爲「通賢靈女」。至於受朝廷勅封，乃是昇天後百餘年之事了，或稱天妃，或稱天后、天上聖母。

默娘昇天成神，受到朝廷禮遇，得享公祭，其父母也成爲公、夫人。不過，一般人大都將天上聖母當成航海守護神。以福建省爲主，在南海，尤其是台灣海峽，風浪較高，行船不易，因此，中國的船隻都會祭祀天后，以求般行平安。此外，經常有船停泊的海港河岸，在面對港口之地，也會建築天后廟，由貿易商團體來經營。

然而，神的靈驗，大都是由祈願者的欲望所分化出來的，因此對於天上聖母的信仰，現在已經不再是行船者或貿易商的守護本尊了，農民及一般民衆爲了無病息災及其他加福、除疫、求子、祈雨等現世利益也會向媽祖祈求。

在台灣，香火最盛的，當屬北港媽祖，廟宇朝天宮人氣旺盛，每年從農曆正月到三月之間，全島的參拜者絡繹不絕。

同心異體的媽祖

據說北港媽祖是最靈驗的。每年有數百萬的信徒從全島各地前來參拜。本殿祭祀的媽祖事實上有二十餘尊之多。其中鎮殿媽是不出門的，但其分身則可接受信徒的招請。每尊皆着美服，載華冠，好像新娘似的。

神轎

北港媽祖的神轎，氣派非凡，全島難得一見。祭祀媽祖時，由八人或十六人抬轎，在千里眼與順風耳的護駕下繞境。信徒在神轎經過之時，雙手合十，恭敬地膜拜，並向媽祖祈願。

城隍爺

以字義來解釋，城隍爺即是都城濠水之神，其地位有如官廳的行政官，具有管轄所屬區域的職權，故有省城隍、府城隍、縣城隍之分，在其管轄區域內，監視人民的正邪善惡。國家的行政官司法官是陽官，而城隍爺則是陰官。地方官治理陽間的現實社會，城隍爺則支配陰間。地方官雖能支配現實的世間，但却無法洞悉他人內心的秘密，要將犯罪事實完全舉證出來並不容易。因此，即使是奸惡之徒，也可能得以釋免，即使是善人，也可能受到冤屈，再聰明睿智的地方官，也不免會有疏漏。然而，城隍爺却能彌補其不足之處。亦即城隍爺會派遣陰陽司、速報司或各部將軍，經常巡視陰間、陽間，監視人民的行爲，有惡事者，給予陰罰，這個陰罰，包括使惡人罹病或陷於貧困，甚至取其生命。同時，也行獎善之事。

由此可知，城隍爺的權柄包含陰陽兩界，爲掌理人類善惡之神。爲了進行神務，必須擁有許多部下。其所屬官員如下：

1. 文判官、正判官。文判官相當於法院的書記，調查人民的志行善惡及壽夭，書寫判文或檢閱記錄。武判官則是對犯行業已判明者執行刑罰。

2.牛將軍、馬將軍。這兩位將軍原本是閻羅王的部下，在陰間奈河橋兩側監視的衛兵，遇有惡人通過將之推落橋下。

3.延壽司、速報司、糾察司、獎善司、罰惡司、增祿司。通常合稱爲六神爺。其職務如名稱所示。

4.謝將軍、范將軍。謝將軍名必安又稱七爺，范將軍名無救人稱八爺，皆負責檢舉惡人，押解至法庭之事。

5.三十六關將，外祭典時三十六關將等神將天兵皆護從，因此平時沒有神像？只以紙條寫上神將名稱祭祀之。唯在祭典時，由還願（謝願）者臉面塗彩，化粧成三十六軍將隨從神轎，象徵部將天兵之意。

清朝時地方官赴任之際，皆會先向當地的城隍爺參拜，告知自己的到任。到任後每月也會鄭重的到城隍廟參拜，行跪拜大禮。因爲它是彰善懲惡、報應不渝，其正可畏之神，所以當地方官審理案件時，對不肯認罪的被告就會帶到城隍廟去，要求其於神前立誓。又地方官遇到難以判決的疑案時，也會在夜裏自行到城隍廟參籠（圓夢），請求神在睡夢中給予指示。

值得注意的是，城隍爺的神格與其他神並不相同。這神不是一神，而是很多神的總稱，亦即有數個城隍爺神分別依玉皇上帝的任命成爲府、縣的境主，而支配其管轄區域。但受命後並非永久固着於其任地。城隍爺間時有交迭，有陞遷甚或遭罷黜者，因而會有缺員的情形。換句話說，各地祀奉的城隍爺神像雖相同，但「神」卻常會更換。

如上所述，城隍爺和佛、菩薩不同，並非一神，而是多數個神，依玉皇上帝的任命，而其資格如下：

一、溺死於水中的水鬼，浸在水中非常痛苦，須將他人拉入水中溺死，成爲自己的替身後才能轉世爲人，若水鬼能忍受三年的苦痛不將他人拉入水中的話，滿三年後就可依此功德而成爲城隍爺。

二、忠良、孝悌、有德之人，死後可被任命爲城隍爺。

三、生前有學問、教養且無惡行者，死後就有參加城隍爺任用考試的資格，及格者可得任爲城隍爺。

關於第三項有以下這種傳說。從前有個名叫宋熹的人，早年失怙，與母親二人相依爲命。他很孝順，又有學識。有一次罹患重病，三天三夜不省人事。陷於昏睡狀態時，他夢見門口有一人牽著一匹白馬走來，請他騎上，他騎上馬走出門後，發現沿路的光景全然陌生，走著走著，來到一座宏偉的城郭前，接著便被請入華麗的宮殿內。走到中殿看到十多名官吏，其中一人像是帝王模樣，另外還有些身分不明的人似乎正在考試。不久，也有人交給他一張試卷，打開一看，題目是「有心無心」。他想了一會兒，寫下「有心為善，雖善不賞；無心為惡，雖惡不罰」幾個字。考官看了大為激賞。於是帝王對宋說：「河南城缺一個城隍，你去就任吧！」宋聽了忽然流下淚來，說：「實在是因為家有老母無人奉養。懇請待母親壽終之後再來就任。」於是，帝王任用同席的秀才，准宋回歸。秀才送他到郊外，臨別時對他說：「我是長山人張生。」宋回到家後發現自己躺在棺材裏，母親聽到棺中有聲響便打開棺蓋，見他死而復生，不禁喜極而泣。不久，他立刻去調查長山有無張生這人，經證實果然是和宋同日死去的人。其後過了九年，宋母天壽已盡卒歿。有一天，宋沐浴更衣於室靜坐，一隊鼓樂轎馬前來接他，他就這樣赴城隍爺之任了。

以上是對城隍爺信仰的大略。古時候讀書人的理想部分就是「生不為官吏，死願為城隍爺」。有志生時積善行，死後考取城隍爺任用資格者並不少。

仙公

中國八仙的故事，指的是李鐵拐、漢鍾離、張果老、呂洞賓、韓莊子、何仙姑、藍采和、曹國舅，仙公即是八仙之一的呂洞賓。

今天，仙公是萬人崇拜的萬能之神，但剛開始時他只是理髮師的守護神。關於他的傳說不一，以下簡述二、三則世人較熟悉的說法。

仙公是仙祖，姓呂名洞賓，亦稱爲純陽祖師或孚祐帝君。一說孚祐帝君是唐朝的進士，姓李，曾出仕爲官。育有二子，不幸二子皆夭折，悲傷之餘罷官，夫妻二人連袂上山修養。夫妻二人即二口，故取其義，改李爲呂姓，又因築居山洞爲賓客，故自號洞賓。

呂洞賓四十六歲時妻卒歿。他依然繼續修練，遂成爲仙人。此後又著述道教書「陰符八品眞經」，但世人不信只好祕藏於南華寺的磚瓦柱中。其後南華寺修繕時被人發現，許多人照書修練皆成仙昇天。玉皇上帝深覺不可思議，便問昇天者：「汝等師爲何？」，諸仙卻回答：「不知。唯依經書修練而已。」上帝乃取其書觀之，發現是呂洞賓所著的陰符八品眞經。遂召呂洞賓來，封為昊天金闕內相孚祐帝君文尼眞佛。

另一說是呂洞賓為呂府仙師。及進士第後跟隨正陽眞人學習天仙劍法，技巧出神入化。時值明太祖漢武皇帝深為頭上腫疱所困，理髮時總被剃刀傷到出血，理髮師往往因而被斬首，同業莫不戰戰兢兢。呂仙祖憐之，由天而降化為理髮師來到市井，並要求為皇帝理髮。結果不僅沒傷到腫疱，腫疱還二、三天後就痊癒了。皇帝大喜，欲賞以金銀，但呂仙祖不受，只請求賜一旒紅旗。他將紅旗揷在理髮店門口後便消失了。此後理髮業者尊稱他為吳仲彬仙，視其為守護神，並倣其於店頭揷上紅旗。當時，若非舉人以上是不得揷紅旗的。

還有一說也與前面大同小異。洪武帝禿頭，理髮時常感疼痛因而怒斬理髮師，嚇得沒有人敢替皇帝理髮。這時呂洞賓自願前往，他為皇帝剃頭時，皇帝不僅不覺疼痛，原來的禿頭更長出了濃密的頭髮，皇帝喜出望外，賜以厚祿，相當禮遇他。其後同業慕其德，尊為呂祖師或呂仙祖、呂祖仙師，當做守護神來祭祀。

龍山寺

一、龍山寺的創立

本島民間信仰的溫床—寺廟，論華麗與宏偉，沒有比得上萬華龍山寺的。

龍山寺位於台北市萬華，萬華（一九二〇年以前稱爲艋舺）是台北市最古老的市街，而龍山寺則是當地最古老的寺廟。規模壯觀，雕樑畫棟，前有庭園，是佔地八百餘坪，擁有建築物六百坪的大建築，繁盛的景況堪稱本島第一。

龍山寺創建於乾隆五年二月八日。乾隆二年三月二日，艋舺地方的三邑人（泉州府晉江、南安、惠安三縣出身的人）商議，募款做爲建廟費用，於同年五月十八日動工，五年二月八日竣工。

關於龍山寺創建的緣起有各種傳說。

距今數百年前，泉州某商船船員至景尾方面購籐途中，於現在的龍山寺地點休息。忽然內急，想要如廁，便取出胸前掛著的香火袋，吊在竹枝上，但離去時卻忘了將它帶走。當時附近一帶是大曬塩場，角落只有一棵榕樹和竹林。入夜後竹林中發出燐樣的亮光，衆人覺得蹊蹺，前往查看，發現是一個香灰袋，袋上寫著「龍山寺觀音佛祖」等字。因事屬奇異，便有人熱心地向其祈願，不可思議的是，竟也頗為靈驗，於是禮拜者漸增，逐建立了今日這般宏壯的廟宇。據說該香灰袋至今仍收藏於醫生觀音佛祖像的腹中。

二、修築重建與現狀

嘉慶二十年六月五日，本島北部突遭大地震。龍山寺除了本堂外也因此災害致所有建築全部倒塌。三邑人募得一萬五千圓資金，於同年十月十八日再行修築。但同治六年八月二十日又遭暴風雨侵襲，廟壁破損嚴重，於是董事黃進興等人再募得一萬五千圓，於同年十月八日修繕復原。

近來因歷時長久，丹粉剝落，棟柱亦遭蟻蝕，頗爲危險。艋舺、大稻埕等有心人士遂商議重建，向全島籌募資金二十三萬餘圓，毀掉舊築後於其址新建，大正九年十一月動工，十五年十一月十五日完成。此外，當初後殿並非龍山寺的建築，而是泉郊人單獨添加建成的。「泉郊」即與泉州方面交易的貿易商總稱，而與北方浙江地方交易的則稱爲「北郊」。當時

代表性的舊慣寺廟（台北市　龍山寺）

爲一施主廟。中西合璧的建築、雕刻，裝潢方面以技藝精湛而聞名。供奉神佛百數十尊，信徒拜佛不須僧侶引導。僧侶只是廟守而已。今天這種施主廟制度若不改善的話，台灣的僧侶就永遠不能得救。

龍山寺後殿

前殿供奉佛、菩薩，後殿則供奉道、儒神仙和雜教之神。包括關帝、媽祖、文昌、水神、助産神等數十尊，雜亂祭祀，由此可知龍山寺並非純粹的佛寺。甚至有些參拜者，並不參拜前殿的佛祖，而只參拜後殿的註生娘娘，其信仰之複雜可見一斑。

龍山寺的中殿

是台灣寺廟中財力最雄厚者。外型倣照孔廟，但遠不及孔廟。石柱上雕浮龍，鐵柱鑄龍身，殿中的雕刻，極其華麗。建築費用來自於信徒的捐贈，多半是前來參拜者所添的香油錢，亦即感恩報謝。

佛龕（台北龍山寺中殿的佛間）

主要祭祀佛、菩薩，也供奉伽藍、護法、七爺、八爺、十八羅漢等。本尊為觀音佛祖，並不是一體，而是二、三體合祀。前面的白身稱作玉佛，據說來自印度。各個著衣冠。佛龕的雕刻相當精美。

艋舺有泉郊五十餘棟，爲祈求航海的安全而建此殿祭祀天上聖母（媽祖）。此媽祖相當靈驗，曾於嘉慶二十二年救助泉郊等於海難，衆人奉獻一大匾額，至今仍莊嚴地懸掛在後殿。

三、觀音佛祖

關於本寺的本尊觀音佛祖有著趣味的傳說。蓋龍山寺雖是寺院，但事實上是舊慣信仰的寺廟，其本尊觀音佛祖也非純粹的佛教觀世音菩薩，而是民間信仰所崇拜的觀音媽。純佛教的觀音是象徵佛陀慈悲的理想佛，即法身佛；而民間信仰的觀音媽或觀音佛祖則如釋迦佛的現身，即應身佛。且此觀音必然是女性。此外，佛寺對觀音菩薩的供物僅限於素食，但此處供奉觀音的卻酒肉五辛皆有。本島六成以上的民衆都是觀音佛祖的信徒，而其信仰觀音大抵是爲獲得現世的利益，如幸福、平安、息災等而來。

信仰觀音佛祖的主要理由是觀音佛祖初時曾立下救苦救難等十八大願，其神力廣大，慈悲無邊，因此，只要心誠即可大事化小事，小事化無事，消災、解厄，任何苦難都可得救濟。民間有關於觀音佛祖的傳說如下。

昔慈航尊者（觀音）坐在大羅天宮八寶金蓮上，以無疆之慧眼遥望東土衆生。見衆生貪酒色名利，醉生夢死，徒造罪愆，乃發慈心悲念，曰：「吾自混沌至分判之今日，為救濟人類，乃託化東土，永劫濟度衆生，使證入無上正等正覺。然今人心大變，殺淫之風流行，罪惡滔天。男子尚多少略解三教（儒佛道）之理，然女子不知天理，徒為塵苦所困，真是可悲可嘆。吾寧降世化為女身，以解消五濁之惡災，為後世之表率，使婦女知非改過，脱離輪廻之苦，免除地獄諸刑，血河罪報等事，甲登菩提覺路，共享極樂美景。」

於是，至瑤池金母、無極天尊的座前表明心意，乞請允許降世。金母一口答允，特請燃燈佛為其照明行程，照徹霞光天地，東嶽、城隍、土地公等諸神相迎，降生為興林國王的第三女。

當時，興林國是妙莊王執政，國母伯牙氏慈悲仁愛，某日夢中恍惚見太陽落於身而懷孕。王育有三女，長為妙音，次妙元，三為妙善（後來的觀音）。妙善公主自幼即具異靈，持齋唸佛，未嫁，至白雀寺出家勤修苦練。履遭艱難而不倦怠，遂大悟玄機。然卻因而觸怒父王慘遭斬絞之刑，魂魄遊於陰府，回陽後於香山修練，後得佛果昇天，被尊為觀音佛祖。

觀音的畫像（送子觀音）

主要供奉於民家。有的不是當成信仰對象，而只是單純的掛在牆壁上，以爲裝飾之用。觀音媽被視爲是女性，擁有慈祥的面容，尤其是送子觀音，被視爲賜子嗣的觀音，因此，得到廣大的信仰。

凌雲禪來的千手千眼觀世音

罕見的佛像，將佛教的理想予以具體化者。聽說觀音有三十二身，千百億化身，豈只千手千眼而已。總之，是表現出一種隨機應變的理想，也暗示佛教徒要活躍於社會的各方面。但是，目前的佛教徒果真做得到嗎？

海山寺（台東）

同治十三年，當地的官人袁聞析崇信觀音，便從前山（西海岸）方面奉請觀音像來到卑南（台東），建一小祠。爾後信仰者漸增，盛極一時。光緒二十年爲暴風所毀壞。後經張之遠、吳曹勳、陳妙哉、徐貴通、許傳、陳貴章等發起重建，佔地六二六坪，爲地方教化而努力。經營國家（日本）講習所、日曜學校、授產場等事項。

四、信仰的內容及祈願的形式

一般人對觀音佛祖的祈願內容大抵以治癒疾病、生意興隆、扭轉運勢（補運）爲主。其形式如下：

1.治癒疾病的祈願　準備壽金一百、刈金一千（皆爲金銀紙）、糕仔一包、乾茶三杯、小灼（蠟燭）一對、香一束，裝在包袱或提籃中，供於神桌上。於佛前燒香禮拜佛祖及寺內諸神。後走到佛前祈願，懇求垂聽。如：「弟子是住在××（地址）的××（姓名），家人幾天前不適，坐臥不安，精神恍惚，遍身疼痛，四肢不穩，時有嘔吐氣喘，雖遍訪名醫卻湯藥無效，至今尙於病床中呻吟。百法用盡知不可期，祈請佛祖能給與千變萬化之靈能，發救苦救難之大慈悲。相信佛祖必能接納弟子的祈求，立即降下感應靈驗，使大事化小，小事化無，庇佑其早日痊癒。果蒙垂憫有驗時，必於六月十九日佛祖聖誕時供清茶薦盒、牲禮金紙財寶等至本寺參拜，叩謝觀音佛祖及寺內諸神佛。請先享用弟子供奉於此的清茶薦盒金紙財寶。」說畢，擲神筊看是否有得到應允。若一開始就得陰筊，表示所允供奉的牲禮過少，應更誠敬懇請，說明除了前面約定的牲禮外，再奉獻戲班表演。說完，再擲筊，若得陽筊，表示神的心情已經緩和，可說明除了戲班表演外，再加豬羊一組酬謝。若終得聖筊，即表示神已應允。但不論謝禮多大仍無法得到聖筊時，就可能是自己不潔或有失宜之處。總之，要不斷擲筊，一直到得聖筊爲止。

2.生意興隆的祈願　（開頭與前者同）「弟子是某地某號（商號）的主人，自×年×月×日開始經營○○業，投下巨額資本，依正當商法營業，但經過相當時日後仍未見顯著的繁盛利益。雖是弟子努力不足的緣故，但也懇請佛祖大禪大道靈驗自在，給與庇佑，以得一本萬利之幸運，財源廣進。弟子若果自今年起漸次隆盛，財貨漸增，必於來年月日供上供物，並獻戲場於佛前叩謝」。形式與前者大同小異，唯禮物更豐盛些。

3.扭轉運勢　除災厄俗稱補運。罹病或卜者預告有災難厄運時，爲除現在的疾厄或未來的災厄而至佛前祈願。供物包括米糕，頂上放一個雞蛋（不可用鴨蛋。若祈願扭轉全家的運勢，則以頂上的雞蛋爲中心另外擺上家族人數的龍眼乾）、糖仔一包、小燭一對、香一束、本命改年（本命錢）一刀、星君甲馬一刀、刈金壽金、爆竹、乾茶一包，供於神前桌上，焚香迎拜神佛，然後祈願如下。

「（前略）今獻上米糕、雞蛋，願一掃厄運保平安。請領受本命改年（本命錢）星君、甲馬、財寶等禮物。」接著燒金紙、本命改年、星君、甲馬，燃放爆竹，將蛋殼剝掉後再原樣擺回米糕上。最後擲神筊請問神意，得應允後便撤供物。

對神佛一定要禮拜，禮拜方式如下：

1.揖拜禮　極簡單，只須兩手合攏一揖，用於拜神佛時。

2.拜禮　兩手合攏與揖禮相同，唯高度不必及顎。然後身體向前彎幾次，合掌禮拜。用法與前項同。

3.焚香禮　平常早晚進行的禮法。焚香，兩手捧著，與前項同樣禮拜後將香插在香爐上，再行拜禮。

4.三跪九叩禮　即跪三次，頭叩地九次的鄭重拜禮，多見於儀式時。

5.百跪禮　多是感謝疾病痊癒時的拜禮，主要是在神佛的生日或祭典時進行。將牲禮及其他供物擺好，於神桌前鋪上草蓆，再鋪上毛毯當做坐席。座旁放置一厘錢百枚，座前準備一個竹筒，每一立一跪就將錢投入筒中，如此重覆一百次。然今日幾乎已不行此禮。

五、祭典的執行

民間一般認為為慰神意或得神佛歡心，須舉行莊嚴盛大的祭典。關於龍山寺的祭典及儀式的執行略述二三。

1.接神　接神即十二月二十四日（舊曆，以下同）地上諸神昇天，將一年中區內衆生的善惡及其他狀況一一向玉皇上帝報告，一月五日下凡時，下界衆生要舉行供牲禮、演戲、鳴鐘鼓、誦經典等迎神的儀式。

龍山寺這天也於凌晨四時以敬水（供神佛的清水）禮展開儀式。僧侶首先點亮神桌上的燈燭，焚香揷於香爐上，向神佛供敬水。然後於中庭公爐前誦心經、大悲咒等，擊一百零八鐘與三落大鼓，終了後撒敬水。下午四時，爐主（信徒代表或祭典委員長）參拜、獻茶、果、十二碗、酒、五牲、金紙、爆竹等。果即西瓜、鳳梨、葡萄、蓮霧、芭蕉五種，有時因節令也會以柑橘、甘蔗、梨、西瓜、芭蕉來代替。十二碗即六碗乾、六碗濕的供物，盛於碗內，六碗乾物包括麻荖、米荖、連餅、糕仔、鳳片糕、糖霜餅（冰糖）；六碗濕則爲筆絲、木耳、松茸、西谷米、麵粉、蕃薯粉。五牲則是雞、鴨、豬、魚、豬內臟。

爐主供饌時由一名僧侶朗讀疏文（奏告大）。

疏文讀完後再誦經文，然後於大埕（廣場）演戲謝神。僧侶讀完經後，拔杯（擲筊）問神意，得神應允後燒金紙，燃爆竹，接神儀式於焉終了。

2.上元　上元即於一月十五日天官大帝的生日所舉行的祭典。天官大帝是三官大帝（三界公）之一，受玉皇上帝之命至凡間治理民衆。此外，上元賜福天官是指一月十五日祭天官，祈求天官賜福。龍山寺於此祭典所舉行的儀式與接神相同。

3.中元　日本在七月時會盛大舉行施餓鬼會或盂蘭盆會，而台灣的中元可以說是施餓鬼會，祭祀無主的孤魂野鬼，是本島一年中最盛大的祭儀。爐主於六月中就會開始將約四千枚門札分配給各地方。門札是上面印有「龍山寺慶讚中元」的短長形紅紙。地方的爐主從龍山寺收到所需的張數後，再分配給各戶，並從各戶收取捐款充做龍山寺中元祭典的費用。各戶收到門札後要貼在自家的門柱或門壁上。

爐主、頭家是任期一年的祭典委員。而參加祭典的是有資產、有名望的中上層人士，依委員的名稱來分攤費用，因此，祭典委員並非由擲筊決定的。「爐主」相當於委員長，「頭家」則爲其助理。此外還有「贊普」，是爐主、頭家之外的祭事分擔者。此因普度（施餓鬼會）的牲醴需要花費相當多的費用，爐主一人負擔不了，故須有人給予贊助才行。而供牲醴時有所謂1.主會、2.主醮、3.主壇、4.主普等四大柱。

主會（庶務科）擔負普度的全部責任，全盤監督。因其責任是針對孤魂，所以有失宜時會導致孤魂怨恨而遭作祟。

主醮（祭儀科）即監督僧道乃至祭儀員之人。

主壇（祭場科）即負責修建、撤去祭場者。

主普（供物科）負責賑恤孤魂之事。大士山、寒林所、同歸所等，屬主普分掌。

四大柱之下還有四副柱，副柱之下又有斗燈，斗燈之下附上首字，如天官首、地官首、富貴首等，約五十名。

六、普度的準備

到了七月一日，爐主就會在龍山寺的大埕上立燈篙。燈篙即布幡、紙幡及七星燈等三篙。但布幡、紙幡要到七月十一日時才立。七星燈即竹皮笠上懸吊的豆油提燈，燈一點著，孤魂遠遠看到了就知道要舉行普度了。也就是說，燈篙是將普度一事通知孤魂的信號燈，掛得越高，照得愈遠，招來的孤魂也愈多。燈篙通常用長一丈五六尺的青竹做成。今天則是立紅色的圓柱，於離地一丈餘處搭起方形棚子，揷上四根寫著慶讚中元的紅色小旗，下端再用蓆子包住。七月中吊起，每晚點燈，八月一日再撤除。這是因爲七月中各處皆有普度，孤魂四處往來，藉此可照明其行路。

七月十日於寺內闢一事務所，著手各種設備，並接待自各地持斗燈來的人。斗燈是參加祭典人員必須携帶的。

這天於廟內頂砛（中殿門前）處設壇，稱爲結壇。壇的構造是張幕至頂砛的龍柱邊，其上懸掛三官大帝的畫像，前方設二段神桌，上段神桌上置三斗燈（天官首、地官首、水官首），下段的神桌則置放本廟分香而來的佛像、香爐及祖師廟、新興宮、青山王、地藏廟、福德廟的香火。另外，在廟入口的塌綏處，右立紙紮的山神，左立紙紮的土地公。山神騎獅子，土地公騎虎，負責只讓孤魂出入寺內。另設拜亭，安設大士山，大士山中央置大士爺頭像（長長的紅舌頭垂到胸前的鬼形）其頭上立著觀音大士像（大士山的觀音俗稱大士，不稱佛祖）、善才、良女；下部則配置婆精、三藏、猪八戒、孫悟空、沙和尚，皆為紙紮的像。大士爺左右各置放一座紙製的靈厝（建築物模型）。左邊靈厝上頭橫寫「翰林所」（或寒林所），專門收留中流以上（讀書人）的孤魂，右邊寫著「同歸所」，供中流以下的孤魂休息。

七、「發表」及其後的儀式

七月十日夜半（十二時至十二時四十分）進行發表。這時供十二平碗及牲醴，由僧侶五名、爐主、四大柱、發表首等十一名執禮。爐主以下皆双手執爐隨拜，主僧讀疏文，儀禮進行中要奏樂。

疏文讀畢後，與金紙一起焚燒，接著燃放爆竹，儀式宣告結束，共進行約四十分鐘。

七月十一日凌晨五時左右開始請神。僧侶五名誦經，爐主執爐隨之，供饌十二平碗，奏鼓樂迎神。首先於公爐處迎金天順聖大帝，接著至同歸所迎孤魂，並提醒孤魂不可騷擾生民，須順良歆受，七時左右結束。九時開懺讀經。十時至下午四時爲獻外供，僧侶五名爲一隊，至市內斗燈奉納者之家裡祈福，祈求合家平安，這時各戶皆會捐錢布施。六時起約一小時爲獻內供，供物給廟內諸神佛。八時起再次誦經，主要是龍王懺。

七月十二日凌晨六時起舉行一個小時的演淨，僧道邊以歌謠的調子吟唱經文，邊從盛著清水的淨杯潑灑淨水以清淨境內。九時至中午十二時獻外供，下午一時至二時行獻內供。三時起讀經，八時至十一時舉行放水燈的遊行，參加這項遊行的人可共進晚餐。行列的順序爲1.虎頭牌2.紙幡3.提燈4.大鼓吹（爐主之分）5.提燈（斗燈之分）6.鼓吹（同上）7.水燈牌8.蓮花燈9.音樂團（子弟有志）10.同上（僧道所屬）11.僧道12.水燈頭。隊伍巡行市內後來到淡水河邊，僧道於事先設置的香案前鳴鈸誦經，然後將代表各字姓善信的水燈頭放於河中，放水燈的儀式便告結束，據說水燈頭流得最快的那個姓氏，會有好運。

七月十三日凌晨六時至傍晚六時進行與前一天同樣的儀式，六時以後則爲普度。

首先，於廟前的廣場設置一高約七尺左右的大坪（臨時用凳子、木板做成的枱子），左右再分別配置二十一個小坪。大坪左右各供一個落土棧，小坪上供孤飯、牲醴及棧。「棧」是以竹子編成的直徑三尺左右的圓錐形塔，塔頂插上寫著慶讚中元的小三角旗。以往船頭等會將小旗買下做爲航海安全的護符。此外，棧上也吊著雞、鴨、粿、豬肉等物，坪則一一寫上捐獻者的姓名。拜完搬入供饌者，爐主會贈予燈籠。八時至十時爲巡孤，即爐主、四大柱、斗燈首等一行人在音樂的伴奏下，隨著僧道巡繞普度的場所。

十時半起爲開燄口，亦稱「坐座」。搭建高八尺餘的台子，台上擺一張桌子做爲祭壇，供香爐一個，燭台一對、點心六碗、酒、茶、饅頭、米、飯等。並將拜亭的大士山抬上孤坪，撤除翰林所、同歸所，然後請數名壯丁負責看守，爐主任監督。這是因爲人們相信大士山的大士頭是貪食神，若盜些米放入自家米櫃的話，米櫃就會常滿，但如此一來苦心籌備的普度就會失效，因此必須嚴加警戒。直至儀式結束燒毀前，爐主都不得離開。這大士頭垂著長又大的舌頭，傳說是觀音佛祖爲戒其貪食，而用腳踢其腹時，他吐舌的模樣。

到了預定時刻，戴著佛帽的中尊（主僧）與四名從僧便登台誦經。這時，供饌主便要燒更衣，更衣即印著衣褲及其他衣物的長紙，孤魂平時無人祭祀，穿的是粗服，因此參加普度盛宴前要先更衣。開燄口即請餓鬼開咽喉吃東西的意思，民間認爲這時僧道透過法衣袖子可以看到無數前來參加普度的孤魂。僧道要觀察食物是否足夠，若不足就要撒米、飯，或用法力將一粒米飯化爲一石（十斗）乃至百石，讓孤魂都能吃飽，若仍不足，主普就得回家開穀倉或米櫃。等到孤魂吃飽了，便將饅頭及香等普渡品丟到台下，並敲打坪上的銅鑼，通知大家普度終了。群衆聽到鑼聲即爭先登坪搶奪供物，稱爲搶孤。然搶孤因有害善序良俗，龍山寺近年已予以廢止。

搶孤的孤棚

搶孤的搶是奪之意，孤是孤魂，亦即無緣的靈魂。如照片所示，在用竹竿捲成的高棚上豎立柱子，綁上各種供物，祭孤魂。在儀式之後或儀式中，由勇壯的男子爭相爬上孤棚，從孤魂那兒奪得食物者，一生中可免於鬼神的作祟。

大士山與靈厝

照片所示，有如平房或二層樓房。不過，事實上，是用竹骨和紙所造的靈厝。在七月施餓鬼時，招待孤魂（好兄弟＝餓鬼），提供他們暫時的住宿。在檣上中央，祭祀觀音大士、大士頭、婆精、三藏、豬八戒、孫悟空、沙僧等。做法與搶孤成對。據說，得到大士頭的人，能够享有好運。

中國式的寺廟
（台北市 劍潭寺）

為相當美觀的古寺，但是香火冷落，沒有僧侶居住，此處是屬於施主廟。本尊為觀音佛祖，但為道教化的觀音媽。參拜者較少，據說是因為不能够顯靈之故。即使祈願，也沒有辦法得到財子壽三多，因而香火不旺。

劍潭夜光

自古以來傳說頗多的創潭遠景。如昔日鄭成功率軍來到此地，作戰時，誤將寶劍投入水中，因而有劍潭之名。又如昔日荷蘭人路經此地稍事休憩中，以劍削茄冬樹的樹皮，並將劍刺入樹中，想不到樹皮合上，將劍包住，後來就稱樹下之水爲劍潭，這些都是沒有根據的傳說。

劍潭古寺的外觀

從外測眺望，十分美觀，但其內部却不太乾淨。除了僧道之外，尚有無業遊民住宿其中。有賣金銀紙的人，也有賣供物或香、蠟燭、飲食之人。雖是一棟寺廟，却沒有負責的僧侶。

劍潭寺

該說是神祕抑或怪異呢?總之，劍潭古寺自古就是本島寺廟中有最多不可思議傳說的地方。

一、創建

劍潭寺位居基隆河左岸，原稱劍潭古寺，因祭祀觀音佛祖，故又名觀音寺。除本尊觀音(六體)外，亦祭祀十八羅漢、註生娘娘及鄭成功。佔地二百九十五坪，建築物一百九十二坪，例祭日為三、六、九月的十九日(觀音祭)。本寺創建於康熙年間，但一說是西元一七四〇年代的乾隆年間。依潭劍而命名，但早期可能名為觀音寺。

康熙年間，廈門有位名叫榮華(一說華炎)的術僧捧著觀音佛祖(雕刻於樹根中的小像)渡海來台，於淡水登陸。在前往基隆的途中來到本寺附近，路上突然出現一條紅蛇阻擋去路，他覺得很奇怪，便暫時在路旁的茄苳樹下休息。但因不知此徵兆為何，不知是該前進或停止，便擲筊決定，結果得到「停止」的指示，當天只好夜宿樹下。夜裏忽得佛祖託夢：「明天有十五艘（一說八艘）商船將從淡水上溯基隆，你可以接受商船的喜捨，築茅屋安置我」。第二天果然有十五艘商船航行而來，他立刻前去告知佛祖的宣託，商人等皆感動，立刻喜捨拾餘圓。術僧便用這些錢在本寺現址建草屋安置佛祖，不久即靈驗遠播四方，信仰者頓增，此即本寺創建的緣起。

二、改建

隨著信仰者的增加，遂有將草屋改建爲正式廟宇之議。乾隆三十八年起開始籌款，至道光二十四年，艋舺地方的信徒及泉郊的紳商等，從中國輸入煉瓦著手重建。其後又因年久失修，且稍感狹隘，便有意擴建。直至光緒年間因廟宇大破，大龍峒的二位董事張望生及王慶忠遂計劃加以改築。光緒十年，艋舺、大稻埕、景尾各地方的信徒紛紛捐獻，始得改建。然當時尚未有後殿，且前殿亦逐漸荒廢，在辜顯榮、黃玉階、吳昌才等人發起下，再度改建，首先從後殿的基礎工事著手，其次才改建中殿、前殿，至一九二四年六月完工，始有今日之景觀。

三、靈驗

劍潭寺佛祖的靈驗事蹟特別著名，因此信仰者遍及全島。曾有一年夜半無人時，寺內鐘聲和木魚聲突然大響，結果這年四月至十月間，全島前來參拜的人每天多達數千，總數共達數十萬。夜半無人時，鐘聲、木魚聲響起，據說是因爲寺僧怠惰放逸，不辦理寺務，爲予鑑誡，佛祖便自行誦經勤行。然其後寺僧依然吸鴉片，耽於逸樂，佛祖的警告還是沒有奏效。

劍潭寺有一塊「慈雲遠蔭」的匾額。這是光緒三年，兼任台北知縣的傅德柯某晚夢見劍潭寺的觀音佛祖對他說：「寺損壞甚劇，應盡速修補並懸掛匾額」。於是他立刻告知台北方面的董事，加以修補，知縣並捐贈前述的匾額。匾額上的署名爲：

欽加

二品頂載花翎前署水提中軍參將

閩折督標水師儘先補用參將𥑮務　　總監工傅　德柯　叩謝

四、怪異

劍潭寺前的河中潭稱爲劍潭，是環繞大直山麓的基隆河深潭。潭中屢屢發出夜光，稱爲劍潭夜光。起初，從潭中昇起朦朧的光，然後浮上水面燦然生輝，漸次上昇，而後消逝無踪。但漁夫們說常看到光中有黑柱，這是因爲潭底有把寶劍所引起的。相傳昔日鄭軍自南部進擊到此地時，與原住民相戰，在追擊時，腰上的寶劍不愼落入潭中，而所謂的夜光就是此劍的劍靈。而在夜光出現時必會有暴風雨或連續的大乾旱。不過還有另一種傳說。

昔日鄭軍進擊到劍潭時，有一隻大魚精覆舟淹溺士兵，鄭成功爲殺死魚精而擲出祕藏的寶劍，終得以平安通過。後來每到暗夜，沈至水底的劍就會發出光輝，有草木漂來時必將其切碎，風雨來臨之前必會浮出水面。有人欲趁機撈之，空中突然有聲音說：「若非粗糠之繩，不得縛之。」聲畢，劍亦同時沈入水底。那人想：粗糠到底不能搓成繩啊，於是心生一計，先用黏糖搓成繩，再將粗糠灑附其上，等到下一個風雨日劍再浮上水面時便用來捆劍。但這次空中又傳來聲音：「不是眞粗糠。」劍再度沈入水底，且自此後就沒有再浮上來了。

此外，又據古書記載：以前荷蘭人曾在潭旁的茄苳樹上插了一把劍，其後樹皮將劍包住，因而有劍潭之名，以下就是歌詠其傳說與風光的古詩—劍潭夜光。

一入寒潭幾度秋　不勞遺笑刻舟求　千古神物生風雨　百丈文光射斗牛
虎氣自騰滄海上　鵜膏重淬碧雲流　當年挂樹人何在　印月重尋古渡頭

五、奇談

關於劍潭及劍潭夜光的傳說如前所述，此外古書還記載一則劍潭怪女的奇珍異談。即，劍潭古寺的西廊爲住持的禪室，曾有個名叫倚雲生的人寄宿其間讀書。一晚，微風習習，明月如晝，於是走到庭中散步。四顧寂寥，只聞水聲潺潺，忽近忽遠，此時忽見一女子玄裳縞衣，仰望踏月而來，口中微吟：

紅愁綠怨送君歸　徒倚無聊幾夕暉　十載光陰如一夢　遊魂時逐落花飛

細聽之，其聲淒惋、憂愁。但山莊僻地，何來此風雅女士於月下獨吟呢？因疑惑，遂走近前問。女子回頭一看，舉步便走。倚雲生愈加懷疑，追至潭畔竟無踪跡，不禁毛骨悚然，急忙返舍就寢。第二天詢問他人，人曰此地婦人皆不識字，只聽說十年前某文士之妻善文墨，病歿後葬於此。每値月夜常現形，人多恐懼，不敢過此處。倚雲生始悟女子即其幽魂。

義民廟

一、義民廟的由來

位於鄉村的一間寺廟，在每年的祭日竟會吸引三萬以上的善男信女，須煮米百餘石、砂糖五千餘斤供人食用，並以七八百頭大公豬、一萬餘隻雞鴨爲供品盛大舉行祭典的新竹郡新埔庄枋寮褒忠亭（通稱義民廟），其由來如下。

清乾隆四十八年，福建省漳州人嚴煙渡海來台，組織祕密結社天地會，會員分佈全島各地。當時北路的盟主是林爽文。乾隆五十一年十一月他於彰化設置盟主府進行叛亂，政陷中南部的要城，知府孫景燧等官民多被殺害，中部各地相繼被佔領。同年十二月包圍淡水縣，知縣程峻等人被圍而自殺。林爽文續陷竹塹（新竹城），巡撫張芝馨亦遭殺害，聲勢更盛，官軍不能敵，百姓亦受塗炭之苦。這時新埔及附近各地的客家人甚爲激憤，遂召集陳紫雲等一族及附近人民共一千三百人，組成義民軍，決死以戰。同年十二月十三日與巡檢李生椿及知縣孫讓等所率的大軍併肩奮戰，大破林爽文軍，終於奪回竹塹，更進而追擊至苗栗外五庄。翌年（乾隆五十二年）與同知徐夢麟共同追勦至大甲方面，但屢遭林爽文軍的猛烈反擊，前後經過數十回惡戰，終於抑住了敵勢。

另一方面，福建巡撫皋夔奉乾隆皇帝的詔勅，率兵於鹿港登陸，兩相呼應。同年十一月八日會戰於崙子頂，進而轉戰牛稠山，義民軍始終奮戰不已，僅數旬便擊潰敵軍。次年乾隆五十三年全島終告平定。

然此戰役亦犧牲了陳紫雲等二百餘名義烈勇士，戰況之慘令人不忍卒睹，義軍的屍骸散落四處。富紳林光坤、劉朝珍、陳資聘、陳寶雲等深感遺憾，且感其忠誠，遂拾集屍骨，於戴元玖捐贈的土地上建塚加以埋葬。並募款於乾隆五十三年冬在墓前建廟，二年後竣工。

此次，皋夔也將義民軍前後三年冒著槍林彈雨奮戰、精忠亮節之風上奏乾隆，乾隆深感其忠烈，先後頒予「義勇」「懷忠」的鳳額，後更賜「褒忠」之勅書，此勅書便安於神位上。一說現在安於廟裏的額，是皇帝眞正的親筆，乃收藏於六家庄六家林疇的宅邸裏。道光十五年土匪來襲時遺失，後經尋回，現在奉置於當地林初極宅裏。

咸豐十一年，更將因彰化戴萬生之亂而戰死的廣東義民之遺骨副葬合祀。同治年間，巡撫徐宗幹捐贈「同心報國」的匾額；光緒年間，巡撫劉銘傳也捐贈「赴義捐軀」之匾額。

本廟原稱義民亭，蒙皇帝三賜之恩，最後更賜以「褒忠」之勅書，遂改稱爲褒忠亭。由此可知褒忠是具有光輝歷史的寺廟，當地客籍居民也常以此爲集會的中心。此後又經修繕、增築，而成爲壯觀的建築物。但日人據台時因兵燹致廟宇化爲烏有，一時呈現廢絕的狀態。

光緒二十五年，經理人徐景雲、傅萬福、張崑和等附近十四庄民共同商議，決定重建義民廟，募得二萬五千圓，費時五年竣工，終有今日之規模。

二、義民祭

廟宇落成之初，在關係者的商議下，決定以舊曆七月二十日爲祭日，舉辦中元祭供養忠魂及一般孤魂。這個普度祭剛開始時非常簡單，每年由新埔、大湖口、六張犁、大茅埔、紅毛港、九芎林、北埔、月眉、楊梅、新屋、大坡、觀音、關西、石岡等十四維持區之一區負責祭典，與廟方共同出資合辦。

後因負責祭典的庄區鼓勵供養「牲豬」，所以庄民皆競相培育大豬。養豬是本島農村的一大副業，以往超過三百斤的豬隻相當罕見，但近來在當局的指導奬勵下，逐年養出大豬，年年都可見八百斤以上的大豬。而奬勵方法就是在祭典時召開養豬品評會，評定等級，優者授與獎賞。

祭典於每年七月十八日起舉行三天，第一天稱為「入壇」，招請諸神佛祭祀、誦經。第二天稱為「放水燈」，或提或數人共扛組合燈籠，在樂隊帶領下排成一列，從負責祭祀的庄區開始巡行至廟裏解散。之後再列隊到枋寮溪放燈籠，最後回到廟裏，第二天的儀式便告結束。第三天稱為「普度」或普施，是用豬、雞、鴨、羊等牲醴祭祀精靈。這天會盛大宴請前來參拜的人。

本廟的祭神為義勇忠烈神，自創立以來在疾病的祈禱上特別有效。當地方上有人生病時，就來祈願取香灰帶回混水服用，或將本神迎回家裏，請童乩或用其他方法驅魔或行精神療法。又發生傳染病時，庄民會用神轎迎祭神（義民爺），由樂隊帶頭繞行各街庄以除魔。其他如庄民的事業投資、婚姻、旅行、建築運勢等，也可依本廟的神籤請問神意，再下決定。

義民塚

没有墓，也没有風水。這是新竹枋寮的義民塚。林爽文之亂時，協助官軍有功的義民中有五百名不幸犧牲，有志之士遂捐款興建此義民塚。今天也有了義民廟（塚的前方），所屬財産甚豐，可以説是全島最富有的寺廟。

枋寮的義民廟

有石燈籠、石馬、廟內也有七、八個可煮一百人份食物的鍋子，這是爲了祭祀時供應約二萬名善男信女伙食而準備的。祭祀的本尊爲義民爺，供有木牌。此義民祭相當著名，每一回祭典都要耗費不少錢。

南崁廟

一、南崁廟的由來

桃園蘆竹庄南崁廟口的五福宮所奉祀的主神爲玄壇元帥，故又稱玄壇廟或元帥廟，創立於乾隆五年（十一月十日），是當地最古老的寺廟，堪稱爲古蹟，一般稱爲南崁廟。境內占地二千三百二十五坪，廟宇建坪爲一百五十一坪。

距今二百多年前，鄭成功的軍隊屯駐此地，將所帶的護身符掛在大樹梢，後人加以禮拜祈願，靈驗無比。庄民與土蕃乃共同建立稻草小祠予以奉祀，其後信仰者逐漸增加。到了乾隆五年，建立正式的廟宇，但建築物極爲粗糙，庄民們不甚滿意，於是在嘉慶十三年，由董仁壽發起整修增建。同年七月，因爲大風暴使得本堂破損，其他地方也全部倒塌。於是總理李榮裕及賴榮林等人乃向所屬區域募集資金修築本堂，並新築前堂及後堂。到了光緒四年，廟的屋頂全部破損，徐榮、李榮智等人再度發動捐款，同年九月二十一日動工，翌年二月四日竣工。

蓋本廟為桃園最古老的廟宇。自建立以來，雖經數次的改修增建，但均為土造的牆壁。一九二四年，再次遭遇前所未有的大風暴，屋瓦飛落，牆壁龜裂，惟恐其倒塌，信徒中遂有人建議要根本進行改建。於是，庄長康德恭及管理人曾力士等人再度籌湊資金，動工改建，一九二六年十一月一日舉行落成典禮。與前廟相比，這次的工程規模宏大，改建前、中、後各堂，極盡完善，堪稱當地一大景觀。

在三百年前，當地尙是綠樹翠竹繁茂的荒野，其間有土蕃居住。昔日為平埔番南崁社的分布區域，取其音，而命名為南崁。一說是鄭成功占領台灣後漸漸向北部地方進行鎭征時，軍隊來到南崁港附近，看到自然的斷崖面對南方，因此就當地的地形，命名為南崁，且暫時將兵丁屯駐此地，驅逐土番，再朝東南前進。爾後，召集漢人，在本廟內置兵營，讓屯田兵駐屯，從事土番的平定與撫恤，並進行土地的開墾。歷經幾多歲月，番人的風俗逐漸漢化，與屯田兵結婚，從漢人之姓，開墾田園。

熙康末年，粵族嘉應州人向番人借土地結寨，往來港口地方，與出入的船舶進行貨物的買賣，又與土番交易。到了雍正年間，福建漳、泉二州，有很多人移居至此，因此蕃人、廣東人、福建人三族共同以南崁廟為中心，開闢蘆竹庄一帶。

先是在艋舺置北路淡水營都司，後來改為參將，統率兵丁六百三十三名，其兵丁皆來自福建省各營，部分分屯於本廟地，三年期滿，新舊交替。然而，期滿後，很多人脫離兵籍不回國，而與地方移民同住。從雍正末年開始，在蘆竹及竹圍到海口一帶開拓土地。其後從海岸登陸或來自南部的移居者陸續增加，高砂族被趕往高山，建立部落，而成為今日的基礎。

南崁廟祭祀的主神為元帥爺，又名玄壇爺，傳說其名為趙光明，是個武魁，也是鄭成功軍隊的守護神，其後被當成開台元帥而受人崇拜，成為地方的守護神。在本島，以元帥爺為主神的寺廟，在宜蘭、文山、大溪、竹南、大屯、南投、員林、新高、新豐、新化、曾文、新營各郡下各有一座；嘉義市一、斗六郡二、潮州郡二、嘉義郡二，共十九廟。

昔日，南崁廟在例祭日或平日，都有為數眾多的參拜者，雖然現今平時參拜者已大不如昔，但是本廟仍然名聞遐邇。有關其由來的奇談，至今仍在民間廣為流傳。

二、神蛇公的奇談

南崁廟位於柳園街北去三里餘處，昔日有桃園廳桃澗堡南崁廟口庄，現為桃園郡蘆竹庄南崁廟口五十五番地，廟名附以地名，本廟是唯一的特例。

昔日，在建築本廟時，曾發現一窟的蛇，當時在場人士咸以為這是神蛇，不敢妄加殺害，只好以竹棒將其趕走。然而，廟宇落成後，這群蛇又以此爲陣地，盤踞在附近，白日遍遊野外，不會傷人，夜間則回廟前大樹洞中休息。如此經過了許多歲月，附近的人都不曾加以傷害，並稱其爲神蛇或使者公，加以崇拜。

另一說是建設南崁廟時，有兩條大蛇棲息於廟地中。這兩條蛇有如人的手臂一般粗，好像是夫妻蛇。不久之後，蛇的數目增加爲七十幾條，前來參拜者，經常可見南崁廟的壁上掛有大蛇，大家都以神蛇公稱之，充滿敬畏之心。然而，三十餘年前成爲蛇窟的廟前大榕樹，因爲暴風雨而倒塌，神蛇便不再出現，參拜者也隨之減少了。

更有人說，只有在祭祀元帥爺之地，才有這種蛇出入。在二十餘年前，由於本廟祭神靈驗無比，因此蘭陽地方人士曾組團前來參拜，且迎主神的分靈回去祭祀，而後其地也屢屢有神蛇出現。

這種蛇性情溫馴，夏日常常吊於民家的屋樑上，或偷食民家雞蛋，但絕對不會危害人類。

後來，南崁廟附近部落的人，不論男女都互相告誡，絕對不可加害於蛇，視其爲神蛇公而予以崇拜。這除了來自民間的信仰之外，也許是遵循祖先愛護動物的遺訓所產生的行爲吧！後來，神蛇棲息於南崁廟內側的小山，偶爾也會出現在廟中，參詣者認爲若有幸得見其姿，必能達成心願。

自古以來，蛇就被當成是神的眷族或使者而受人崇拜。在內地，白蛇被視爲辨財天的使者，演藝界人士將其當神般禮遇。如果在神廟中發現白蛇的踪影，會認爲是神賜給自己利益，而對蛇三跪九拜。除了白蛇之外，尙有黑蛇與花蛇，也都受人重視。

這個使者公或神蛇公，都是錦蛇（又稱南蛇），可做爲藥用或食用。這種蛇被視爲有益之物，只要被捕捉到，就會有人爭相購買。但是，南崁廟的信徒，絕對不會稱這種蛇爲錦蛇或南蛇，不論在何處，都將其視爲神一般崇拜，甚至不可用手指蛇。偶爾有蛇進入家中，也會被視爲吉兆，會焚香燒金銀紙歡迎、祈願或表示感謝之意。捕蛇者常常前來此地捕蛇帶到台北去賣，但若不幸被信徒發現，就會慘遭一頓毒打。

指南宮

指南宮別名仙公廟，位於文山郡深坑庄內湖字石碣頭一五番地，並非所謂的古寺廟。仙公廟附近一帶，風景怡人，天氣晴朗時，可將台北市的景色盡收眼底，近年來，隨著慢跑運動風潮的掀起，不少人以此地爲慢跑的路線。

指南宮創建於光緒十七年（一八九一）舊曆八月二日，昔日是甚少人知的一間小祠，據大正六年的紀錄看來，其財產除境內面積二百二十六坪，石造瓦葺的建築物七十二坪外，僅有田地一甲步。後來逐漸興盛，如今財產、境內、建築物已是當時的數倍，參拜者整年不斷，尤其是例祭日的八月二日（創立紀念祭）、五月十八日（仙公祭）、九月三日（張祖師祭）、一月二十六日（柳星君祭）等，前來參拜的信徒更多達數萬名，舊曆正月，每天也都有一萬左右的民衆前來參拜，故當地極爲繁盛且混雜。

昔日，艋舺的雕刻店玉淸齋塑仙公像奉祀，想不到異常靈驗，於是在光緒七年，高達三、劉廷玉等人聞之，趕緊命令雕刻師打造相同的神像，帶到景美，並以屯風社爲廟名加以祭祀，只要有求，必能應驗，信仰者日益增加。看到這種盛運的木柵區長張德明等有力人士乃在現地建造廟宇。不久之後，就創建了指南宮。其工事從光緒十四年一月動工，同年九月完工。光緒三十年、民國十年陸續進行大規模的擴建。爾後又經過數度的增建修繕，才有今日的風貌。

全島祠廟，多半是由中流以下的人士所營運，只有這座仙公廟，是知識階級、有產階級者所信仰與維持。原因主要是與家事（尤其是特別複雜的家庭）或商事等有關，在難以下決定時，只要向仙公祈求，接受仙公的指示，必能下正確的判斷，疑難迎刃而解，商事也會好轉，這種例子屢見不鮮。例如，瑞芳庄九份的周某挖金礦致富，南港的劉某挖煤成功，台北的周氏經營茶業獲得大利等，都是依照仙公的指示而得到幸運的。這些人都會捐出大筆錢財做爲指南宮的基金。另外，去年得到仙公託夢，圓滿解決家庭問題的顏某妻女，也奉納了數萬元。

仙公對於祈願者的請求，多半是以夢告（亦稱完夢）的方式來進行。首先，祈願者要投宿於仙公廟，朝夕禮拜仙公，並要擲筊，直到仙公答應請求，到了晚上就會做夢。依照所做的夢來判斷如何行事。爲了容納每日數十名香客，故也備有宿舍，而前來完夢的住宿者，則需繳納香油錢，這也是非常有趣的現象。

據調查，到目前（民國二十七年九月）為止，台灣的呂仙公廟包括台北市永靜廟、基隆市代天宮、汐止街拱北殿、宜蘭街呂仙祖廟、羅東街勸世堂、木柵指南宮、蘆州太僕宮、高雄市呂祖廟、屏東郡內埔庄先祖廟等九座。

霞海城隍爺廟

一、城隍爺祭

霞海城隍爺祭是本省年中重要祭典之一，每年舊曆五月十一日開始，連續三天，舉行盛大的祭典。十一、十二日兩天，從傍晚六點開始，於廟內舉行祭祀，稱爲前行祭（宵祭）。七點開始，出發遊行，數千人爲一隊，由鑼鼓嗩吶組成的鑼鼓陣及南、北管樂隊等組成的陣頭帶領繞城鎮，直到十二點爲止。十三日稱爲繞境，從下午一點開始到傍晚六點爲止，有七、八千人參加，爲本島難得一見的大遊行。這一天是最熱鬧的日子，不僅是台北，台中以北或遠自台南、高雄的民衆也遠道前來參加霞海城隍廟盛會。台北市爲了這三天的活動，設置了救護所，且請消防大隊做好準備，以防萬一，可說是全體總動員。爲全島參拜者臨時加開的火車，每班都客滿，下了火車，滿街都是人，可以說是擠得水洩不通。

爲了慶祝這個祭典，市內各街道從下午兩點開始會出現各種餘興節目。表演行列蜿蜒如長蛇，連綿數十條街道。表演內容光怪陸離，爭奇鬥艷，整條街道，呈現爛漫的景象。此外，前來城隍廟參拜的信徒，人山人海，廟中的金爐當然也是盛況空前。有些善男信女肩上會帶著竹子編成上糊黃紙的三角形或四角形枷鎖，稱為「夯枷」，夯枷的人都是曾因病痛災厄，得到城隍爺保佑才轉危為安的。在台灣，只要提到農曆五月十三日，任何人都會聯想到霞海城隍爺祭。但是這個祭典的附屬品，如金銀紙的焚燒或頸部銬以枷鎖，都是一種迷信，今人多已不信這些了。

二、霞海城隍廟的沿革

台北的霞海城隍爺廟，通稱城隍廟，位於台北永樂町（迪化街），境內一百一十八坪，雖是小廟，但信徒近百萬，每年農曆五月十三日會舉行全島第一大祭典。

本廟創建於咸豐九年三月一日，原本在艋舺八甲庄，後因分類械鬥而移至大稻埕。傳說以前在中國泉州府同安縣海內地方，有一位名叫陳金絨的人士和同志一起携帶城隍爺的神像渡台，在八甲庄定居經商，建設廟宇，奉祀該像，並以霞海城隍爺稱之，該廟則稱為霞海城隍爺廟，屬於縣城隍。咸豐三年，原先住在艋舺的晉江縣人（漳州人）與住在八甲庄的同安縣人（泉州人）展開分類械鬥，造成前所未有的傷亡，泉州人戰敗，寺廟也遭到焚燒破壞，泉州人只好帶著神像逃入大稻埕，以大稻埕爲新居地，重新建設市街。這時，城隍爺像再度被奉祀於陳金絨家。於是，他與周建成、林欉等同安縣人代表互相商量，決定再建寺廟。雖然同縣人身處困境，卻都爭相奉獻，得金一千圓，於現地建蓋廟宇，也奉祀該神像的外從、配祀。

從祀是城隍媽、文判、武判、印童、劊、五營、引路童子、馬將軍、牛將軍、謝將軍、范將軍、金將軍、山將軍、陰陽司、黑虎將軍等，寄祀是府城隍，同祀則是海內人共同牌位等。

關於從祀方面，尙有很多我不明白的史實。不過，傳說陰陽界的許多關將，都是城隍爺的使者。

城隍媽是城隍爺的夫人，傳說光緒十九年，住在大稻埕九間仔街一位叫阿仙舍的人負責管理廟，當時，他揣測「本廟的城隍爺非常靈驗，不過，尙未娶妻，若能娶進一位夫人，城隍爺想必一定會非常高興。」於是便刻一女神像，安置在主神旁。從此之後，就有了城隍媽的存在。

寄祀的府城隍，原本鎭守台北城，具有「靈應侯」的資格，但在日本據台之前，廟宇遭到毀廢，無祭祀之處，清朝官憲也無力保護，因而權宜寄祀於本廟。另外，同祀的牌位，都是曾經爲了建設本廟而犧牲之人，爲表揚其功勞而加以祭祀。然而，只有其子孫才會對他們膜拜。

本廟沒有基本財產，但因平日參拜者衆多，故沒有購買油香的必要。同時，廟守（廟祝或顧廟）也不拿酬勞，但可於廟內設販賣店，賣些金銀紙、線香等，以其利潤做爲廟守的收入。廟的維持，並沒有特定的方法，需要費用時，就對外募款。每年祭典費七、八百圓，除了募款所得外，其他幾乎都是從賣紙枷而來。在祭典當日，爐主造紙枷販賣，約可賣出六千個，藉此也可推算出祈願者的人數。衆人相信枷一定要蓋上城隍爺的印，才具有效力，故這也成爲爐主的專利品。不過，近來賣枷或將枷掛於頸部之人較少，多半是用手提著走，這也是有趣的現象。一般人的信仰，認爲罹病或遭遇其他災厄時，可能是觸怒城隍爺所致，因此在五月十三日的祭典日，要將枷掛於頸部，表示自己接受刑罰，希望藉此善惡相償，免除災厄。

關於主神的靈驗有種種傳說。據說本廟還在艋舺時，有人將神像移到新竹，第二天剛好是五月十四日，要在本廟舉行過火儀式（扛著神轎赤足跑過燒得通紅的炭薪），故神像必須立即歸廟。然而，神轎正午從新竹出發，下午兩點即到達艋舺。八十年前，新竹艋舺之間只花兩個小時就能到達，完全是仰賴神力，所以大家都認爲這是神明顯靈。此外，光緒十年，法軍來攻時，本廟的主神也曾顯靈趕走法軍，故當時朝廷勅封此主神為「威靈侯」，另外，每年的祭典日，多半不會下雨，但偶而也會出現兩天，這是神藉著降雨來消除暑熱，以防人們因吃冰水而罹患疾病。

本島人信仰心濃厚，但是對於神佛的膜拜，多半不是出自於敬神之意，而是基於某些欲求而祈願。不過，一部分的信仰者卻自稱「契子」，可能是因為昔日藉由神助而恢復健康，或祈求安產，因神的庇護而挽回一命，為了答謝神之鴻恩，而甘願為神子，終生信仰。據說，目前全島有不少人都是霞海城隍爺的契子（義子），由契子之多即可見其神德之廣大，不過，這是吾人難以推測之事。

朝天宮的由來

一、朝天宮的創建與修築

朝天宮並不像北港媽祖廟那麼廣爲人知。然而，朝天宮卻是本島民間信仰的總府，擁有最多的信徒。不僅是台灣全島，連中國福建省方面也有不少的信徒，每年三月二十三日的例祭日，會有數十萬的參拜者蜂湧而來。本島的媽祖廟雖有三百多間，但論信徒之多與廟宇之壯觀，無一可與朝天宮相提並論。

朝天宮位在台南州北港郡北港街（今雲林縣北港鎭）北港一〇九一番地，創建於康熙三十三年三月，境內佔地四百六十二坪，建築物二百六十六坪，爲一宏壯美麗的寺廟。

有關其創立源起，據說距今二百四十四年前，有位名叫樹壁的和尙，奉請福建省湄洲朝天閣的天上聖母渡海來台，在笨港（北港）登陸。定居於附近的泉州人和漳州人與他商量，希望和尙能夠留下神像，雙方願提供勞力、金錢建廟，奉祀此尊媽祖神像，這即爲本廟的起源。不過，當時只是間土角造的粗糙小祠，後來隨著歲月的流逝，前來參拜者日益增加，香火晝夜不絕。於是在雍正八年，改建成木造瓦葺。當時，北港稱為笨港，為一港灣，對岸常有船舶出入。乾隆十六年，福建的薛肇熿來笨港任縣知事，到任時曾修繕此廟。乾隆三十八年，薛肇熿冒著巨浪往返海峽兩岸，航海之中都能平安無事，他認為這全是媽祖的庇護，因而下令改建廟宇。同年十月命貢生陳瑞玉、監生蔡大成、王廷生等人負責募款，募得一萬五千圓即開始動工，年末完工。其建築有神殿二棟、拜亭二棟、東畔室仔二棟，共六棟。從地上算起有十三級石梯，正殿奉聖母，後殿並祀父靈威佑侯、母顯慶夫人、兄靈應仙官、姐慈惠夫人，室內更設有僧房。

咸豐年間，嘉義縣訓道蔡如璋等人又重修各殿及拜亭，並增建東畔室仔一棟及西畔室仔七棟，從咸豐五年十月動工，咸豐九年三月竣工。後來，光緒二十年十月，大火燒毀拜亭，光緒三十一年又遭遇大地震，四垂亭倒塌，本殿也毀損嚴重。於是在光緒三十三年一月以北港區長蔡然標為願人，另舉曾席珍等九人為募集委員，再度籌湊資金，於三十四年動工修建，經過四年歲月，於民國元年一月完工，成為現在的朝天宮。

本廟祭祀的諸神佛，正殿為鎮殿媽（主神）的外分身，包括祖媽、二媽、副二媽、四媽、五媽、六媽、糖郊媽、太平媽等；配祀為千里眼、順風耳，挾祀為司香女、司花女。後殿則如前述，以媽祖的父母兄姐爲「外同祀」，此外還有觀音佛祖、釋迦、阿彌陀、彌勒、須菩提、韋馱護法、善才、良女、十八羅漢；東廂除了同祀的土地公外，還有文判、武判、招財、進寶等，西廂則同祀註生娘娘、四婆；東畔寄祀三界公（天官、地官、水官）、神農、黃帝；西畔寄祀五文昌（大魁、朱衣、純陽、關帝、金甲）。

三月二十三日是媽祖的生日，各地媽祖廟都會舉行盛大的祭典，在神前供牲醴及其他祭品，請戲班表演，燒金銀紙，膜拜者不計其數，廟前人山人海。另外，媽祖還會出巡繞境，繞行北港大街小港，沿途各戶門前都要設神桌供牲醴，門口掛著長串炮竹，等神轎通過門前時，再燃放炮竹，燒香燒金膜拜。此外，也會受到地方分靈的迎請，因此，北港媽祖曾多次繞巡全島各地。

二、媽祖的靈驗

從來台灣海峽即不利於航海，明末清初以來，渡台者不少人罹難，而且海賊常出沒其間，航海者出帆時，都要對媽祖供香華果燭，燒金銀紙，祈求出海平安。

喜慶年間，水師提督王得祿出兵掃蕩台灣海賊，幾經辛苦，逐漸將其平定，他認爲這全是媽祖暗中保佑，因而於道光十七年捐獻梵鐘一座，且奏請朝廷頒賜勅額，由嘉慶帝御筆親賜「神照海表」，且以子爵王朝倫爲欽差，將媽祖視爲護國庇民之神，每年舉行春秋二祭，並行三跪九叩之禮。

同治元年，戴萬生圍攻嘉義城。這時，倭寇入侵北港之事又頻傳，人心大亂，於是請示神意，得到「戰吉矣」的神籤，因此港民決定參戰，築壘引溪水成濠，樹立「金精大將軍」、「水精大將軍」二神旗，奮勇作戰，賊軍見神旗，心中畏懼，不戰而退。其後雖數度來襲，但均告失敗，只好轉攻他城。這一戰中，賊軍傷亡數百人，港軍死傷僅二十餘名。賊說：「港軍所到之處，黑旗飄揚，誠爲神軍。」此傳聞遠近皆知，因此信仰媽祖的人與日俱增。

同年，因農事不作，廟祭冷清。有一次，聖母發駕，路過狹道，來到地方名人蔡水木家裏，留下靈書「清醮」二字後離去。衆人認爲「清醮」是表示要盛大舉行祭典，才能渡過凶年之意。於是，舉行臨時大祭，果然得到豐收。

光緒十三年三月，嘉義地方逢大乾旱，農民極其窮困。偶然奉迎聖母，進行祈願，結果大雨沛然而至，庶民得到解救，上奏朝廷，由光緒帝御筆親賜「慈雲灑潤」的匾額。

其後信徒日增。近年來，一月到三月的祭典日，每日都有數千人前來參拜，進香者絡繹不絕。

本廟所焚燒的金銀紙，數量龐大，燒掉的金爐灰聽說還可以賣得很多錢。二年前有爆竹製造店十數家，金銀紙製造店三十餘家，從業女工兩千名。又祭典當日北港街花在線香、供物、金銀紙等的費用總計約十萬圓，可謂盛況空前。

台灣第一大媽祖廟

——北港朝天宮——

由全島募集約百萬淨財所建立的龐大廟宇，外觀極爲富麗堂皇，燦爛的屋上裝飾及閣樓，是其他廟宇難得一見的。舊慣信仰認爲，不到北港朝天宮膜拜，是令人惋惜之事，因爲北港是媽祖的大本營。

開元禪寺

台灣最古老的寺廟在哪裏呢？相信沒有人能夠馬上回答出來。不過，目前台南的開元禪寺，據說創立於康熙二十九年，距今（一九三八年）正好二百四十八年，堪稱爲台灣古刹。

清朝時代，其所在地位於台南縣治周仔尾大橋頭，日本據台後改爲台南廳直轄永仁區三份仔莊一五〇番地，在台南車站的東北邊。境內佔地約二千坪，建物九百餘坪，是一座大叢林。

這座寺廟與鄭成功有很深的淵源。鄭成功於永曆十五年十月由厦門渡海來台，憂心明朝的衰敗，遂於康熙元年五月在台灣過世。大家都知道台灣非常熱，鄭成功在兵馬倥傯之餘，也在此地挖井設亭室做爲避暑別墅。

到了康熙十九年，鄭成功之子鄭經加以增建，稱爲北園別館，做爲母親董氏的養老別莊，到了康熙二十五年，巡道周昌赴任時，復將其改建爲亭。康熙二十九年，巡道王效宗等見其樹林茂密，竹林美麗，亭室壯麗，爲了永久加以保存，將其改建爲寺院。

於是，捐獻附近的田園約五十七甲，延請僧侶擔任住持，寺號「海會寺」，這就是開元禪寺的起源。

清朝領台之後，鄭成功的部將中有人悲痛思念故鄉，不願仕於清朝，因而削髮出家，寄身佛寺。這些人的志氣節操，堪為世人楷模。遺憾的是，卻不知他們的姓名。

乾隆四十三年，由台灣府正堂蔣元樞負責修繕這座海會寺。到嘉慶元年，提督哈當阿大力奔走，從住在台南的諸紳商處等湊資金加以改建，使其倍加壯觀，改名為「海靖寺」。其後又稱為榴環寺或榴禪寺，時人稱為「開元寺」。蓋，在唐朝開元年間，凡中國各地所建之莊嚴雄大寺院，多半命名為開元寺。這個榴環寺，規模宏偉，不亞於唐代的開元寺，因此成為一般的通稱。

曾經隆盛一時的開元禪寺，在清朝領台以後，雲水四散，寺產也因為匪盜而流失大半，其後寺僧更變賣寺產，使得寺廟財產更加減少。到了一九〇三年左右，一位名叫玄精和尚的名僧中興此廟，經永定和尚到「魏得圓師」，不斷地增築堂塔，修備內外，使其成為壯麗的大叢林。

奉祀的本尊為釋迦佛（塑像），安奉在三寶殿（亦稱大雄寶殿）中央，左右有文殊、普賢、迦葉、阿難等菩薩與尊者侍立。三寶殿左側的鄭王祠奉祀鄭成功的牌位，右側的地藏殿祭祀地藏菩薩與目連尊者。在山門的門柱上，有如下的對聯。

寺古僧閒雲作伴（竹葉字）山深世隔月爲朋（同上）

修心須悟存心妙（竹葉字）煉性當知養性高（同上）

開化十方一瓶一鉢（圓家字）元機參透無我無人（同上）

開元寺的千葉寶蓮

去年三月中旬作者（圖左）和同事江君（中央）前往開元寺參訪時，正逢珍貴的千葉寶蓮開花，每日來觀賞的民衆不下百人，在此介紹其立札文字以資參考。

「千葉寶蓮—距今二十五年前，本寺原住持傳芳和尚由中國鼓山湧泉寺移植而來，從來開化，今年始見其花，彌足珍貴。原產地爲印度，鼓山的千葉寶蓮，當然也是由印度移植而來。」

開元寺名僧列傳

志中和尚　爲福建省泉州人，資性穎悟，靈敏，幼少時出家，住在承天寺數年後，通曉佛理，爾後，遊歷諸處，渡海來到台南。時逢北園改建，加入改建計畫，寺院落成時被推舉爲住持，但掌管寺務非他本願，只希望能夠靜心修行，故不久即辭職退隱，成一平凡僧侶，閉關修行。閉關中絕對不可出關房（獨房），也不可外出見客，只管打坐看經或從事著作。這是中國寺院的一種修行法，太虛師等人也曾經實行過。在台灣，目前還有僧侶閉關，而能夠持續實行三年者，多半以志中爲表率。此外，志中師在出關時，曾留下如下的偈。

獨坐釘通結善緣　暮鐘立願利人天　一聲擊出無邊界　同種功德億萬年

關於志中師的歿年不詳，而傳承其依鉢者，則有福宗、福珀、福儀等諸師。

竺庵福宗　志中的高足，天資純篤，善詩書，通武術，孚衆望。繼承衣鉢後，專心經營海會寺。後來，與祥慶、祥雲、祥共、祥正等高足宣揚佛法，使得海會寺隆盛一時。

石峰澄聲　志中第三代嗣孫，第四代住持。爲一篤行之士，戒行十分綿密，善書畫，好吟詠，很多官民聞其名而造訪之。旱魃之際，乞雨屢屢奏效。

當時，同寺有一住僧名叫張士柳，苦行修業，不僅是肉，並斷絕一切米穀，僅以水果裹腹，享有九十九歲的高壽。其爲福建省惠安人，明末時曾修行於山中，因爲躲避耿精忠之變而來到台灣，住在海會寺，勸衆人持齋唸佛。

榮芳達源　鳳山人，生於道光年間。幼小出家，受戒於鼓山湧泉寺，後來到嵩山少林寺修禪，兼學武術，個性豪俠，善書畫。同治年間返台，爲開元寺住持，時有名聲極高之江湖俠客前來學習武術，或與其較勁。某日，一狂漢潛入法堂，跳起將頭上四尺的燈火吹熄，對師說道：「勸募香油却不點佛燈，爲何？」責備之。師知道其乃故意爲之，於是回答：「偶爾火滅。」一躍而將燭火點燃，狂漢遂落荒而逃。

某日，師於城內托鉢，見路上有雙鳶捉住施主家的小雞，於是斥責道：「畜牲！且住，汝因前世的罪業而爲今之惡事，不速歸依我？」鳶立即飛下作叩首狀，師於是將其帶回寺房飼養。出入有鳶隨行，十分馴服，不曾驚嚇他人，且能夠明白師意。

此外，某戶人家養了一條會咬人的惡狗，主人以爲大患，請師加以降伏。師命人將其牽到寺內，以兩指摩其頭面，曰：「到此爲止，勿復作惡！」犬欣然搖尾，表示順從，立刻變成良犬。

榮芳師於光緒八年圓寂，徒衆在寺南建塔廟以埋葬。

玄精法通　俗姓蔡名漳，鹽水布袋人，生於光緒元年。資性俠直，精通法術，世人稱其爲蔡眞人。二十一歲歸依龍華佛教，師事信和堂（西港莊）黄普宗。後投身開元寺，成爲傳芳的弟子，於鼓山受戒，後來成爲開元寺的住持。有感於寺宅毀壞，與永定監院協力加以修築，由此求道者日衆。後來因樸子脚（朴子）鄧平暴動事件而受牽連，經衆人全力奔走終於平安無事。一九〇九年遊歷內地，後來轉往泉州的海印寺。一九二一年二月十日圓寂，享年四十七歲。

傳芳靖源　俗名春木，又號布聞，台南府上横街人，生於咸豐五年二月十五日。資性忠直好義，年少時，與友共遊開元寺，受到榮芳感化，感慨人生無常而起出家之志，在光緒七年（二十七歲，新婚第四個月）得到妻子的諒解，在榮芳的介紹下，投身湧泉寺，成爲維修的弟子。一九一三年返台，成爲開元寺的住持。感嘆本島佛教不振，與成圓、本圓諸師一起到台北會見長谷慈圓師。一九一八年四月二十二日於開元寺圓寂，享年六十四歲。臨終時，留有如下的偈。

四大本幻生　處處登聖名　寂滅性常性　體露徹底明

要語略解

本島改隸　西元一八九五年四月十七日依據馬關條約，台灣正式成爲日本的領土。

宗教　是人類對於無限者、絕對者、永久者、神的一種態度。歸依超絕的實在，將自己體驗的生活解釋爲宗教。然而，依超越者的解釋爲何而產生各種的宗教。

神明會　身分相同者（例如讀者人、同業者、同鄉人、同姓者等），以祭祀神佛爲目的組成會，各人拿出若干金錢購買器具或田園家屋，成爲所屬財產。現在已然喪失了祭祀的目的，只不斷地擴充財產，因而常起爭議。

張道陵　道教始祖。漢・建武十年（西元三四年）生。七歲通諸經，入雞鳴山學仙術，習得一家相傳的秘法。永壽元年（西元一五五年），一百二十二歲，於靈台山羽化成仙。

十八地獄　刮舌、剪刀、吊鐵樹、孽鏡台、落蒸、銅柱、劍山、寒冰、油鼎、牛坑、石莊、舂臼、浸血池、枉死城、櫟、火山、落磨、刀鋸。

山嶽崇拜　崇拜山嶽之義，山嶽的雄大壯觀，會讓人產生崇高感。此外，雲霧、風雪、山崩、鳴動、噴火等現象，會讓人引發神秘驚駭之念，故被視爲活物，認爲有靈，將其人格化，當成神輩崇拜。爲自然崇拜之一。

鄭成功　朱成功，明末的忠臣，鄭芝龍之子，受紹宗重用，賜國姓與名。發誓復興明室。十餘年間與清軍作戰，明亡之後，來到台灣，奉永曆年號，半年後病歿。

宗教學　與宗教有關的學問。包含由特殊的個性方面來看與由一般通性方面來看的宗教，分爲特殊宗教的研究與一般宗教的研究，將前者分爲宗教史與神學；將後者分爲宗教現象學與宗教哲學。

咒物崇拜　又稱庶物崇拜。認爲「靈」寄宿於人工物或自然物中，會藉由咒力使人幸福或不幸，因而加以崇拜。許多微小、奇形的東西都可當成咒物，並不限於一定之物。只要相信具有咒力之靈寄宿者，皆被視爲是咒物。

動物崇拜　天然崇拜的一種，將動物視爲神，或認爲其中有神性而加以崇拜。會崇拜力量超乎人類之上的獅子、虎、熊、狼、鱷魚等，同時也崇拜會加害人類的蛇，或崇拜具有人類所沒有的特殊技能之猿、狐、鹿、鷹、蛙等，另外，對人類有益的家畜或家禽也會尊重，這些均屬動物崇拜。

自然崇拜　崇拜天、地、日、月、星辰、風雨、山川、草木、井泉、動物等自然物或自然力，亦稱天然崇拜。

精靈崇拜　相信天地間有魂魄遊離浮動，掌管人類的吉凶禍福，故而加以崇拜，例如山精、海精、木精、病魔、死者之靈等，有無數的精靈會聚集於山、溪谷、水邊、樹間，亦稱多靈教。

祖先崇拜　亦名祖靈崇拜。是精靈崇拜或死靈崇拜的一種。崇拜已故的父母、祖先，認爲祖靈是保護其子孫安全繁榮的善靈，有時可促使穀物豐饒，抑或六畜興旺。

原始宗教　指原始民族及未開化人士所信仰的宗教。具有圖騰崇拜、精靈崇拜、自然崇拜、動植物崇拜、咒物崇拜、其他死靈崇拜等多種形式。

多神教　認爲有許多神存在，而對這些神加以祭祀的宗教。不僅是人格神、精靈、幽魂、動植物等，都是宗教敬畏的對象。

神像崇教　偶像崇拜，以金石木土等造人或動物之形，做爲信仰的對象。

巫覡術士　以禁厭、祈禱、占候等迷信行爲爲生者，巫覡爲法官、符法師、乩童、紅姨的總稱。術士則是看日師、算命師、地理師、相命師、卜卦師的總稱。

法人　不僅是人類，凡依照法律承認其人格，爲權利義務的主體者皆是。

財團法人　依據法律，基於一定的目的，拿出個人所有，將財產集合起來。

社團法人　依據法律，基於一定目的而結合之人。

內地各宗　共有十二宗五十八派。律宗、法相宗、華嚴宗、天台宗（天台宗＝寺門派、眞盛派）、眞言宗（眞言宗＝東寺派、山階派、醍醐派、泉涌寺派、小野派。古義眞言宗＝高野派、御室派、大覺寺派。新義眞言宗＝豐山派、智山派）、眞言律宗、融通念佛宗、淨土宗（鎭西派、西山派＝光林寺派、禪林寺派、深草派）、眞宗（本願寺派、大谷派、高田派、佛光寺派、木邊派、興正派、正門徒派、出雲路派、誠照寺派、山元派）、黃檗宗、曹洞宗、臨濟宗（向嶽寺派、建仁寺派、東福寺派、南禪寺派、大德寺派、妙心寺派、相國寺派、天龍寺派、建長寺派、圓覺寺派、永源寺派、方廣寺派、國泰寺派、佛通寺派）、日蓮宗（一致派＝日蓮宗、不受不施派、不受不施講門派。勝劣派＝顯本法華派、本門法華宗、法華宗、本妙法華宗、日蓮正宗、本門宗）、時宗。

物理學　自然科學的一分科，說明自然及自然現象法則的學問。

化學　理學之一，研究物體實質變化的學問。

科學　有關於萬般原理、萬物的變化、人類社會的權利義務等之學問。

下九流　台灣舊慣的社會階級之一。一、娼女，二、優，三、巫者，四、樂人，五、牽豬哥，六、剃頭，七、僕婢，八、捉龍，九、土工。

催眠術 以人爲的方式引起睡眠或類似失神狀態之方法。在施術中給予暗示，矯正惡癖。以學理方式加以研究的第一人是蘇格蘭的布雷德。

十干 亦稱十天干。甲、乙、丙、丁、戊、己、庚、辛、壬、癸。

十二支 亦稱十二地支。子、丑、寅、卯、辰、巳、午、未、申、酉、戌、亥。

老子 姓李，名耳，字伯陽。周的圖書館主，著道德經，倡無爲自然說，是孔子的前輩，孔子曾到周問其禮。見亂世，興起救世之志，但知其道難行，因而罷官，從函谷關西行，下落不明。

神仙說 感覺富貴功名難以依賴，捨棄現世，以入山鍊丹修行仙化爲職志。葛洪爲其開祖，認爲「神仙是實在的，不老不死」，而要成爲神仙，需要「以藥物養身，以術數延身，內不生疾，外不入患，久不死，不改舊身」。

方術 道教的修爲法，遊於絕對之境的方法，亦稱仙術。奉道教而修行不老長生之神仙術者稱爲道士、方士或道人。此外，止流水、使枯樹開花亦爲方術之一。

導引 道教修法的一種運動，藉由深呼吸而使神心暝合於虛無的方法。

方士 修神仙之術者，製造不老不死的仙藥，使用神奇之術。起初，不同於道士，但後來兩家合併。歷代天子皆用方士尋求神藥。

上九流　台灣舊慣的社會階級之一。一、師爺，二、醫生，三、畫工，四、地理師，五、卜卦師，六、相命師，七、和尙，八、道士，九、琴師。

二十四孝　姚舜、漢文帝、曾參、閔損、仲由、董永、剡子、江革、陸績、唐夫人、吳猛、王祥、郭巨、楊香、朱壽昌、庾黔婁、老萊子、蔡順、黃香、姜詩、王褒、丁蘭、孟宗、黃庭堅等二十四人。後來，除去仲由與江革，以張孝、張禮二兄弟代之，亦有人以田眞、田廣、田慶三兄弟代替。

金剛經　指金剛般若波羅蜜經，除鳩摩羅什之譯本外，尙有菩提留支、眞諦、達摩笈多、義淨等之譯本。闡明空無性之理，示無所得之妙，爲禪家重視的經典。在台灣的佛寺齋堂，除了每天早上的課誦外，法要時也經常使用。

觀音經　以羅什所譯「法革經」中的「觀世音菩薩普門品」爲主。當苦惱的衆生念觀音菩薩的名號時，觀音菩薩會即時加以救濟。隨緣應化，顯現各種不同之身，進行說法敎化。顯示三十三身、十九說法，述說其大悲弘誓的深廣，威神利益的無邊。

阿彌陀經　羅什譯，一卷，記述極樂國的莊嚴淨妙，揭示六萬誌佛的證誠，勸人執持彌陀名號即可往生西方淨土。

加持　加被攝持之義。指佛的大悲加諸於衆生，衆生的信心與佛心感應，互相道交。反之，衆生的身口意三業藉著佛的身口意三密而得以淨化。現在演變爲去除疾病、災難、不吉、不淨等的祈禱法。

社會學　將社會之語給予各種解釋，視社會是人與人的結合。因此，社會學是與結合有關的學問。與經濟學、政治學、宗教學等，同屬特殊科學但又互相對立，有些學者更認爲，一社會現象中存在著社會的生命，脫離社會現象就沒有社會的存在，因此，社會學可說是包括社會一切現象的考察學。又，社會學是以社會科學爲基礎，依利用科學的種類之不同，可分爲生物學、地理學的社會學、人類學的社會學、力學的社會學等。

鰥寡孤獨　出自孟子梁惠王篇，是孤獨矜寡之義。在「禮記」王制篇有云：「幼而無父者謂之孤，老而無子者謂之獨，老而無妻者謂之矜，老而無夫者謂之寡，此四者天民之窮而無告者，有常餼。」

義塚　爲埋葬枯骨而設置的墓地，宋代已有其制，明代設於府州縣近城寬濶之地，清代則以普濟堂的費用，於各地設置義塚。這是爲無力埋葬的貧窮者或路死者或家鄉遙遠不便歸葬者而準備的墓地。

普濟堂　救恤鰥寡孤獨窮民的官署，唐有飛田院，宋有福地院、福田院、廣惠倉，元代有濟衆院及惠民藥局，明代有養濟院，清代則參照歷朝之制，在各省及通都大郡設普濟堂，養贍老疾無依者。

隘勇　隘是險阻之地。昔日為了防禦土蕃之害與保護開墾而設的防蕃機構。設於土蕃出入之地的關卡。每一隘有隘首一名，隘丁若干名（以上稱為隘勇）。

佃民　亦稱佃戶。佃是田、畋，與甸相通，是耕作或畋獵之義。宋朝之後，做為佃農之義，台灣稱之為㒓戶。「本身無田，租富家之田而耕，佃戶是也。」

卜卦　八卦、易斷。現行者十分簡單，種類有金錢卦、六壬時卦、皇帝占法、籤子卦、翁子卦、米卦、筮卦、龜卦、雞子卦、青冥卦、拔卦等。

進士　進士之名始於周代。隋煬帝時，設進士科，舉凡官吏的任命，都要依進士制度。唐亦依循此制。應試的資格為生徒、鄉貢、制舉三種。科目分為秀才、明經、進士、明法、明字、明算。生徒是指國子監以下學館出身者。鄉貢並非來自學館。而是由州縣所推薦。制舉是臨時勅選出來的才能卓越之士。明朝以後的進士，是指殿試及格者。明代鄉試及第者，稱為舉人，會試及第者，稱為貢士（貢生），殿試及第者，稱為進士。以後進士就成為學位之稱。

陳玄奘　亦稱唐三藏。唐太宗時的名僧，出遊印度，入戒賢律師之門，經十餘年携六百五十部的經論而歸，弟子將其譯成七十四部、一千三百三十八卷，深受太宗與高宗的信仰。

淫祠　又名淫祀，淫乃過之義，淫祀是不正之鬼。禮記云：「非其所祭而祭之，名曰淫祀，淫祀無福。」孔子曰：「非其鬼而祭之諂也，在人則爲諂，於禮爲淫。」濫設的祠廟，稱爲淫祠。唐書狄仁傑傳中記載：「狄仁傑持節江南，毀吳楚淫祠千七百所，止留夏禹吳太伯季氏札伍員四祠。」

星辰崇拜　與日、月崇拜一樣，是天然崇拜的一種。由於北極星可指示方向，因此旅行者、航海者屢屢加以崇拜。星辰又被視爲是日、月的使者，也有人認爲星辰是人的靈魂，銀河是魂魄之道。

臨水夫人　中國福州下渡人，姓陳名靖姑，從閭山許眞人習得仙術，道術精奇，經常制伏妖鬼。扶胎救產，爲保赤（赤子）之神，孕婦經常祈禱之。屬神有註生娘娘、三十六婆官。另一說是夫人名進姑，陳昌之女，唐大歷二年生，二十四歲時遺訣爲神，救世之難產，後來在古田縣水鄉白蛇洞顯靈，著朱衣斬殺毒蛇，於是在洞上建廟祭祀。清咸豐年間，皇帝加封「順天聖母」。

星　星是精、陽之榮。陽精爲日，日分爲星，因此，日生爲星。史記中，星被視爲是金之散氣，淮南子中則認爲「日月的淫氣，成精者星辰也」。

註生娘娘　註生娘娘多半祭祀於堂的一角或側室，籍此與他神加以區分。因其神格較低，故多屬配祀，是能夠保護生產、求子、使嬰身健全發育之神，參拜者以婦女爲多。就神格而言，富慈悲，一意喜生，引導神魂入胎出世。天公命其掌註生之籍。據說，此生中會成為何者，都是此神所決定。

月　月為闕，太陰之精。公羊傳著：「月為土地之精。」淮南子曰：「水氣之精者為月。」釋名曰：「朔為月初之名，晦為月盡之名，弦為月半之名，望為月滿之名。」

八卦（表解）

（宇宙）	太極							
（兩儀）	陽				陰			
（四象）	春		夏		秋		冬	
（八卦）	乾	兌	離	震	巽	坎	艮	坤
（卦象）	☰	☱	☲	☳	☴	☵	☶	☷
（方位）	西北	西	南	東	東南	北	東北	西南
（自然）	天	澤	火	雷	風	水	山	地
（家族）	父	少女	中女	長男	長女	中男	少男	母
（性別）	老陽	少陰	少陽	少陰	少陽	少陽	少陽	老陰
（性德）	健	說	麗	動	入	陷	止	順

紙錢 以紙造錢形，或於紙上印刷錢形，供葬祭用，不是人類通用的紙幣。唐書王璵傳云：「漢以來葬者皆有瘞錢，後世里俗稍以紙寓錢，爲鬼事，至此璵乃用爲禳祓。」此外，封演聞見記曰：「古者享祀鬼神，有圭璧幣帛，事畢則埋之，魏晉以來，始有紙錢。」

紙幣 紙幣的利用始於周代，但爲了買賣物品的便宜而停止使用。魏晉以後到隋出現紙幣，不過，皆爲束帛的代用品。直到南宋的交子、會子，才具流通的目的。金、元、明時代，稱爲鈔，這是鈔票的開始。清順治初年曾經使用，不久即中止，中葉以後又開始實行。民間設置錢莊、票號，發行紙幣。有時，紙幣也爲紙錢的別稱。

易 指周易。上古伏羲氏畫卦，後世加以註述之，周代有連山、歸藏、周易三種，現在只剩周易。文王、周王做爻辭，故稱周易。彖辭爲卦之總論，爻辭爲其各論。

累世同居 世通於生，人的一生，稱爲一世。中國古代視子孫長年同居、圓滿生活爲美風，予以獎勵。直系尊族親存在時，卑幼不可別籍異財，累世同居者，國家給銀，於村落門口建褒坊，表彰其德。五世同居者，除褒坊外，還贈銀十兩、緞一匹，長生之民上事祖父，下及元孫，到七代時，給「七葉祥」，八代時，給「八葉衍祥」。

陰陽說 以陰陽二元說明宇宙現象的學說，動靜、剛柔、明暗、高下、吉凶等，是分陰陽的標準。陰陽互相對立與交替，支配宇宙。晝之後夜來，夜之後晝來，春去秋來，也是必然之理。

五行說 是基於陰陽說加上曆法而成。將一年分為四時、八位、十二度、二十四節，決定各日月的行事，順之則昌，逆之則亡。五行是指金、木、水、火、土，東南西北春夏秋冬或其他人事身心等，都配合五行之說。漢代之後大為流行，成為陰陽五行說。

大士爺 又稱太士頭，觀音佛祖的化身，鬼中之王，在施餓鬼會或盂蘭盆祭時，以紙製造容貌甚醜之物，當成大士爺祭祀。

民俗台灣

上卷　中卷　下卷

上中下精裝三巨冊，二千三百多頁，二百幀珍貴圖片，係民國32年至34年台灣出版日文版民俗台灣雜誌共40卷，內容包括台灣民謠、諺語、風俗、典故、建築、藝術、台灣史共數十單元，而雜誌已絕版50年，現僅印300套，爲研究台灣民俗學者必備經典套書。

臺灣研究叢書

台灣冠婚葬祭家禮全書

論述風俗之由來・典故婚喪之禮節

◎林明義／200元

台灣的眞貌

向禁忌挑戰

◎小谷豪冶郎／160元

台灣寺廟藥籤研究

道教醫方與民間療法

◎吉元昭治／280元

台灣民俗風物雜記

風俗典故・生活習性・台灣史略・民族精神

◎山根勇藏／160元

台灣的迷信與陋習

著　　者　曾景來
發 行 人　林輝慶
出 版 者　武陵出版有限公司
社　　址　台北市新生南路三段19巷19號
電　　話　3638329・3630730
傳眞號碼　3621183
郵撥帳號　0105063-5
法律顧問　王昧爽律師
地　　址　台北市羅斯福路二段1號11樓
印 刷 者　西園彩色印刷有限公司
裝 訂 者　忠信裝訂廠
登 記 證　局版臺業字第1128號
初　　版　1994年5月

定價250 元

ISBN 957-35-0776-5

武陵出版有限公司

編號：T-33

書名：台灣的迷信與陋習

著者：曾景來

定價：250

備註：